스페셜 원

가장 특별한 감독

스페셜 원: 가장 특별한 감독 6

스틸펜 장편소설

초판 1쇄 찍은 날 § 2020년 2월 18일
초판 1쇄 펴낸 날 § 2020년 2월 25일

지은이 § 스틸펜
펴낸이 § 서경석

총괄팀장 § 노종아
편집책임 § 박현성
디자인 § 소소연

펴낸곳 § 도서출판 청어람
등록번호 § 제387-1999-000006호
등록일자 § 1999. 5. 31
어람번호 § 제1-3086호

주소 § 경기도 부천시 부일로 483번길 40 서경B/D 3F (우) 14640
전화 § 032-656-4452 팩스 § 032-656-4453
http://www.chungeoram.com
E-mail § chungeorambook@daum.net

ⓒ 스틸펜, 2019

ISBN 979-11-04-92141-4 04810
ISBN 979-11-04-92074-5 (세트)

※ 파본은 구입하신 서점에서 교환하여 드립니다.
※ 저자와 협의하여 인지를 붙이지 않습니다.
※ 이 책은 도서출판 청어람과 저작자의 계약에 의해 출판된 것이므로,
  무단 전재 및 유포·공유를 금합니다.

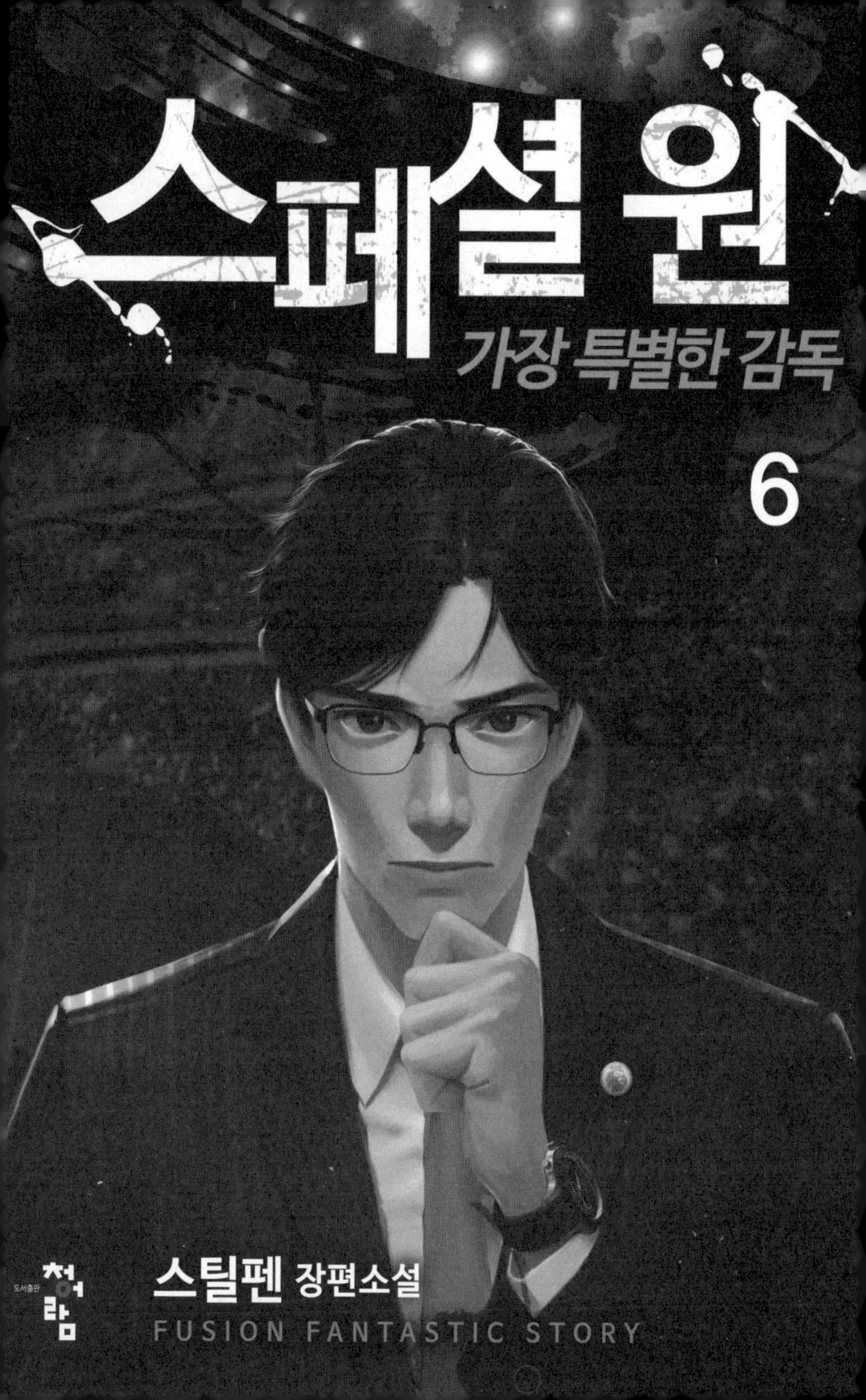
스페셜 원
가장 특별한 감독
6
스틸펜 장편소설
FUSION FANTASTIC STORY
도서출판 청어람

스페셜 원

가장 특별한 감독

CONTENTS

33 ROUND
리벤지

골을 먹힌 라이프치히의 선축으로 경기가 다시 시작되었다.

시간이 별로 남지 않은 상황.

급한 상황인 걸 알면서도 라이프치히는 성급히 나서지 않았다.

적은 기회라도 확실하게. 그렇게 점유율을 높이며 리버풀의 수비진을 두드렸다.

—세리의 스루패스를 차단한 반 다이크! 하지만 공은 다시 라이프치히 선수들에게!

수비 사이를 파고들던 베르너에게 세리가 패스를 찔렀지만,

반 다이크가 먼저 발을 뻗어 공을 차단했다.

튕겨 나간 공은 다시 라이프치히의 미드필더들에게 돌아갔다.

대부분의 리버풀 선수들이 페널티에어리어에 몰려 있었기 때문이다. 그런 이유로 세컨드 볼은 거의 라이프치히의 몫이었다.

벨미르도 하프라인을 넘어서며 공격에 가담했지만, 최후방의 수비수들은 혹시 모를 역습에 대비하고자 자리를 지켰다.

―살라와 마네만이 하프라인 근처에서 기회를 엿보는 중입니다.

중계 카메라가 하프라인 쪽을 비췄다.

그 말처럼 리버풀의 측면공격수들이 하프라인을 서성거리는 모습이 보였다.

발이 빠른 둘은 역습 상황에서 훌륭한 첨병이 되어줄 것이다. 만약 페널티에어리어에서 긴 패스가 들어온다면, 빈 공간은 그들의 고속도로로 변한다.

"좀 더 옆으로 가!"

그런 역습을 차단하기 위해 살라의 근처를 서성거리던 벨미르가 소리쳤다. 녀석은 브레노에게 손짓하며 자리를 잡아주었다.

브레노가 공격 가담을 할 때엔 대신 벨미르가 풀백처럼 뒤로 물러섰다.

―코너킥 깃발 근처까지 달려가는 브레노! 아놀드와 체임벌린이 함께 압박하는군요!

리버풀의 수비는 생각보다 쉽게 열리지 않았다. 결국 틈을 찾지 못한 브레노가 포르스베리에게 다시 공을 돌렸다.

"후우."

먼 거리에서 슈팅을 때려본 베르너가 수비수의 발을 맞고 나가는 공을 보며 침을 뱉었다.

단내가 느껴졌다. 숨이 턱끝까지 차올라 폐가 터질 것 같았지만 멈출 수는 없었다.

눈가의 땀을 닦아낸 그가 슬쩍 고개를 돌렸다. 대기심이 추가시간을 알리는 게 보였다.

추가시간은 3분.

남은 시간은 앞으로 3분.

'3분이나 남은 거지.'

숨을 길게 내쉰 베르너가 코너킥을 준비했다. 하지만 리버풀의 골키퍼인 카리우스가 공을 잡아내며 공격이 무산되었다.

―카리우스가 코너킥을 잡아냅니다.

―바로 공을 보내지 않고 시간을 끄는군요?

카리우스는 여유롭게 시간을 끌었다.

페널티에어리어에서 떠나지 않은 라이프치히 선수들에겐 빨리 나가라는 말도 해보고. 어차피 바로 공을 건넬 이유는 없다.

결국 경기 지연으로 주심이 슬슬 파울을 불려고 하자, 타이밍을 맞춘 그가 바로 골킥을 찼다.

길게 올라온 공을 벨미르가 헤딩으로 따내고, 다시 세리에게 보냈다.

세리 역시 시간이 없다는 걸 알기에 곧바로 로빙 스루패스를 올렸다.

헤딩 경합 결과 다시 한번 리버풀이 공을 걷어내며 골 아웃이 선언되었다. 또 한 번의 코너킥.

"다 나가!"

원지석은 이번 찬스가 사실상 마지막 찬스라는 걸 깨달았다. 그랬기에 수비 지역에 있는 모든 선수들을 세트피스에 참가하도록 보냈다.

"굴라치, 너도 나가!"

골키퍼인 굴라치까지 말이다.

─라이프치히의 모든 선수들이 세트피스에 참여합니다.

─리버풀도 살라 선수를 제외한 나머지 선수들을 모두 수비에 가담시켰네요.

"응원해요! 더 크게!"

원지석의 제스처에 그제야 팬들도 그 외침에 호응하며 더욱 큰 소리를 질렀다.

와아아!

황소! 황소! 황소!

황소는 멈추지 않는다!

―팬들이 감독의 요청에 큰 호응을 합니다. 저런 것도 감독의 재량 중 하나죠?

―아, 라이프치히의 코너킥 준비가 끝났습니다. 추가시간도 이제 2분을 지났네요. 마지막 공격일 거 같군요.

마지막 공격.

두 팀의 운명이 정해질 순간이었다.

그걸 모두가 알기에 양 팀의 선수들은 몸을 부대끼며 치열한 자리싸움을 벌였다.

"좀 가라, 새끼들아!"

리버풀 선수들이 자신을 거칠게 밀자 굴라치가 짜증 섞인 욕지거릴 뱉었다. 키가 큰 데다 유니폼 색이 달랐기에 퍽 눈에 띄기도 했고.

"제발."

코너킥 라인에 공을 놓은 포르스베리가 작게 중얼거리며 뒤로 물러났다.

그의 눈에 아까부터 이리저리 움직이는 베르너의 모습이 보였다. 그러다 어느 순간, 둘의 눈이 마주쳤다.

반 다이크를 뿌리친 베르너가 달렸고.

키커인 포르스베리 역시 공을 차기 위해 달렸다.

쾅!

크로스가 엄청난 속도로 페널티에어리어를 향했다. 먼저 자리를 잡은 베르너가 점프를 한 것도 동시였다.

공이 머리를 표적으로 삼은 듯.

정확히 맞은 크로스는 헤딩슛이 되어 골문 구석을 향해 꺾였다.

―베르너의 슈우우웃!

―아아! 막혔어요! 팀을 구해내는 아놀드으으!

라이프치히 팬들이 눈을 감으며 탄식하는 소리가 들렸다.

헤딩슛은 정확히 골문 구석으로 꽂혔다. 하지만 너무 정확한 게 문제였다. 골문 앞에 있던 아놀드가 본능적으로 공을 멀리 찬 것이다.

사실상 마지막 기회가 끝났다.

팬들도, 라이프치히의 선수들도 망연자실 떠나는 공을 보았다.

심판이 슬슬 휘슬을 불기 위해 시계를 확인할 때였다.

"아직 안 끝났어!"

그렇게 외치며 공을 향해 뛰어가는 선수가 있었다. 원지석은 그 뒷모습을 멍하니 좇았다. 등번호와 함께 이름이 적힌 뒷모습을.

등번호 18번.

벨미르 노바코비치.

공을 향해 달리던 녀석이 그대로 슈팅을 때렸다.

쾅!

강렬한 논스톱 발리 슈팅이 다시 골문으로 향했다.

아무도 예상하지 못한 슈팅이었다. 라이프치히 선수들도, 리버풀의 선수들도. 특히 긴장을 풀었던 카리우스에겐 더더욱.

철썩!

벼락같은 골이 터졌다.

카리우스는 자신의 옆을 스쳐 지나간 공을 멍하니 보았다. 반응조차 할 수 없던 강렬한 슈팅이었다.

─고, 고오오오올!! 기적입니다! 기적이 일어났습니다!

─추가시간에 골을 터뜨린 선수는 다름 아닌 벨미르 노바코비치! 그것도 데뷔골입니다! 데뷔골에서 엄청난 임팩트를 남기는 벨미르으으!

와아아!

극적인 동점골에 RB아레나가 무너질 듯 출렁였다.

골을 넣은 벨미르는 그런 관중들에게 뛰어가 한쪽 귀를 내밀고는 손을 가져갔다.

마치 더 크게 소리 지르라는 듯.

내 이름이 뭐냐고 물어보듯 말이다.

벨미르! 벨미르! 벨미르!

새파란 유망주의 이름이 RB아레나를 가득 채웠다.

그제야 만족스럽게 고개를 끄덕인 녀석은 이윽고 카메라 앞에서 멈췄다.

카메라를 자신의 얼굴 쪽으로 돌린 벨미르는 곧 거칠게 화면을 돌렸다.

당황한 카메라맨이 다시 화면을 잡았을 때에는 등을 돌리고 복귀하는 뒷모습만이 찍힐 뿐이었다.

등번호 18번과 벨미르란 그 이름은 카메라를 통해 사람들에게 깊게 각인되었다.

삐이익!

골을 먹힌 리버풀 선수들이 의욕 없이 공을 툭 건드는 것과 동시에 경기가 끝났다.

와아아!

함성이 다시 한번 터졌다.

무승부지만 의미가 큰 무승부였다.

이로써 라이프치히는 조별 예선에서 2위로 본선에 진출하게 되었고, 3위인 리버풀은 유로파로 내려갔다.

다른 곳에선 바르셀로나가 셀틱을 상대로 승리를 거두며 챔피언스리그 B조의 마지막 결과가 나왔다.

바르셀로나 12점.

라이프치히 9점.

리버풀 8점.

셀틱 1점.

단 한 골.

그들의 운명을 가른 것은 단 한 골이었다.

"끝났군."

클롭이 허탈한 얼굴로 머리를 긁적였다.

챔피언스리그 조별 예선에서 떨어진 게 이번이 처음은 아니다. 그렇다고 적응이 되진 않았다. 오히려 더욱 화가 났지.

그때 그를 향해 다가오는 사람이 있었다. 적장이자 승장인 원지석이었다.

"고생하셨습니다."

내밀어진 손을 잡은 그가 한숨을 쉬며 고개를 끄덕였다. 솔직히 말해 거기서 때린 슛이 들어갈 줄 누가 상상이나 했겠는가.

"멋졌어, 그 꼬마. 제라드 같았다고."

클롭은 골을 넣은 벨미르를 칭찬했다.

프리시즌 때 왜 원지석이 주목해야 할 녀석이라고 말했는지 알 것 같은 기분이었다.

"전하진 않을 겁니다. 그러면 또 기고만장해져도 이상하지 않을 놈이라."

원지석의 대답에 클롭이 피식 웃음을 터뜨렸다. 선수나 감독이나 이상한 녀석들 같으니.

"우릴 누르고 갔으니 최대한 높이 올라갔으면 좋겠군. 응원하지."

"고마워요."

그렇게 대화를 끝낸 둘은 서로 몸을 돌렸다. 원지석은 벤치로 다가오는 선수들을 하나하나 안아주었다.

"잘했다."

골을 넣은 베르너도, 어시스트를 기록한 포르스베리도. 고생한 수비진에게도 칭찬을 하던 원지석이 멈칫했다.

오늘의 주인공이자, 묘하게 의기양양한 벨미르가 다가오더니 이제 내 차례라며 입을 열었다.

"봤지? 응?"

어서 날 칭찬하라는 모습에 원지석이 혀를 찼다. 여기서 클럽이 해준 말을 전하면 무슨 일이 있을지 예상되었기 때문이다.

"너, 설마 그런 거에 만족하는 거냐?"

"뭐?"

예상하지 못한 말에 벨미르가 눈살을 찌푸렸다. 이게 아닌데. 골 장면을 못 봤나?

그 속을 뻔히 알고 있는 원지석은 검지로 녀석의 이마를 꾹 누르며 입을 열었다. 녀석은 목을 뒤로 꺾으면서도 당황한 얼굴이 되었다.

그걸 물끄러미 보던 원지석이 말했다.

"아직 멀었어, 이 좆만아."

그렇게 말하고 뚜벅뚜벅 떠나는 원지석을 보며 벨미르가 이를 갈았다.

'아직 부족하다 이거지?'

누가 이기나 해보자.

녀석의 승부욕이 불탔다.

*   *   *

「[키커] 환상적인 데뷔골! 팀을 구해낸 벨미르!」

「[빌트] 리버풀을 유로파 리그로 떨어뜨린 원지석!」

언론들의 첫 페이지는 벨미르의 환상적인 중거리골로 장식되었다.

골만이 아니라 수비적으로도 좋은 모습을 보인 그는 키커로부터 최고 평점인 1점을 받았고, 챔피언스리그에서도 이번 라운드 베스트 11로 뽑히며 활약을 인정받았다.

거기다 골을 넣고 보여준 셀레브레이션도 적지 않은 화제가 되었다.

카메라를 치우는 셀레브레이션은 그의 캐릭터성을 확실히 보여줬기 때문이다.

"끔찍했습니다. 다시 경험하고 싶지 않네요."

벨미르를 바로 옆에서 경험했던 살라와 케이타는 당시 경험을 끔찍하다고 표현했다. 어지간히 스트레스가 된 모양이었다.

「[빌트] 라이프치히의 무서운 신예!」

그 골이 계기가 된 건지, 아니면 원지석의 말이 계기가 된 건지는 몰라도.

벨미르는 이후 리그 경기에서도 좋은 모습을 보여주며 팬들의 적극적인 지지를 받았다.

하지만 녀석은 팬들이나 평론가의 극찬보다 더욱 듣고 싶은 칭찬이 있었다. 바로 저 무표정한 감독의 입에서 나오는 칭찬을.

"그거밖에 못하냐?"

골을 넣은 날에도.

"그게 끝이야? 더 못 보여줘?"

완벽한 수비를 보여준 날에도.

"됐다. 거기서 멈추면 거기까지인 거지."

원지석은 좀처럼 벨미르에게 칭찬을 하지 않았다. 그럴수록 녀석은 더욱 눈에 불을 켜며 달려들었다.

"미친개는 미친놈이 조련하는 건가."

그 모습을 물끄러미 보던 케빈이 이해를 하지 못하겠다는 듯 고개를 저었다.

그래도 원지석의 조련은 효과적이었다. 트러블이 터지지 않은 데다, 벨미르의 성장도 뚜렷했으니.

케빈은 태블릿을 켜며 오늘 자 기사들을 살폈다. 많은 언론들이 곧 있을 라이프치히의 경기에 대해 떠들고 있는 게 보였다.

"얼마 안 남았네."

「[키커] 곧 다가올 전반기 최고의 매치」

전반기도 어느새 끝나가고 있었다.
하지만 아직 가장 힘든 상대는 만나지 않았다.
바이에른 뮌헨.
벨미르로서는 슈퍼 컵에서 맛본 패배를 되갚아줄 찬스였다.

$$*\qquad\qquad *\qquad\qquad *$$

현재 분데스리가의 1위는 라이프치히였다.
경기에서 질 때도 있고 비길 때도 있지만, 중요한 건 승점이었다. 그들은 아직 1위 자리에서 내려오지 않았다.
물론 그렇다고 해서 안심할 처지는 아니다. 2위인 바이에른과의 승점 차이가 1점뿐이었으니까.

「[키커] 슈퍼 컵 때와는 다를 것으로 보이는 경기」

사람들은 분데스리가가 열리기 전에 있었던 슈퍼 컵을 떠올렸다. 그때 라이프치히는 바이에른에게 아무것도 하지 못하며 두들겨 맞았고, 처참하게 무너졌다.

하지만 지금은 다르다.

당시 선발로 나섰던 브레노와 벨미르는 팀에 적응을 하지 못하던 상태였다.

그러나 지금은 두 명 모두 원지석의 전술에 녹아들며 스쿼드를 꾸리는 데 큰 도움을 주었다.

"온다."

선수들이 모여 있던 훈련장.

누군가의 말에 그들의 시선이 쏠렸다.

원지석을 필두로 코치진들이 훈련장에 들어오는 게 보였다. 곧 다가올 바이에른전을 대비해 회의를 가진 것이다.

원지석은 자신을 뚫어지게 보는 선수들을 보며 고개를 갸웃거렸다. 무슨 일이 있었나.

헛기침을 한 번 한 그가 입을 열었다.

"다음 경기의 명단이 정해졌어."

그들의 예상은 빗나가지 않았다.

바이에른전에 나서는 선발과 벤치 명단이 정해진 것이다.

평소 라인업이 확정될 때보단 빠른 편이지만, 이번엔 미리 준비를 할 겸 조금 일찍 정한 모양이었다.

원지석은 인쇄된 종이를 핀으로 고정시킨 뒤 선수들의 이름을 불렀다. 이렇게 이름을 부른 뒤 나중에 다시 확인할 땐 훈련장이나 라커 룸에 붙여진 종이를 보면 됐다.

"굴라치!"

맨 처음은 골키퍼인 굴라치였다.

뭐 당연하다면 당연한 호명이었다.

"브레노!"

그 다음은 조금 놀란 반응이 나왔다.

당사자인 브레노 역시 인상에 어울리지 않게 눈을 끔뻑였다.

"저요?"

"다음 경기는 네가 선발이니 준비해."

보통 왼쪽 풀백부터 호명이 되기에 브레노가 얼떨떨하면서도 고개를 끄덕였다. 이런 큰 경기에 자신이 풀백으로 나서도 괜찮나 생각하는 중이겠지.

반면 할슈텐베르크는 씁쓸한 얼굴로 시선을 돌렸다.

설마 바이에른이란 큰 경기에서 선발로 나서지 못할 줄은, 어렴풋이 예상은 했음에도 씁쓸한 기분이었다.

그렇게 다른 선수들의 이름을 호명하던 원지석이 세리의 파트너로 설 미드필더를 지명했다.

"벨미르!"

"흠."

벨미르가 고개를 끄덕였다.

자기가 선발로 나올 땐 저런 반응을 보이는 녀석이었다.

이렇게 해서 슈퍼 컵 때 패배의 원흉 중 하나로 꼽혔던 브레노와 벨미르 두 명이 모두 선발로 나온 것이다.

남은 선수들의 이름까지 모두 불리자 한숨이 오갔다. 명단에 포함됐다는 안도감, 혹은 아쉬움이 섞인 한숨이.

원지석은 벤치 멤버까지 포함해 바이에른전을 대비한 훈련을 시작했다. 명단에 뽑히지 못한 사람들은 상대 팀이 되어 연습을 도와주기도 했고.

그렇게 훈련이 끝나고 사무실로 돌아가던 때였다. 원지석은 누군가가 사무실 앞에 있는 걸 보았다.

유수프 폴센이었다.

녀석의 얼굴은 어딘가 어두워 보였다.

왜 찾아왔는지 이유를 알겠다는 듯 고개를 끄덕인 원지석이 문을 열었다.

"차 마실래?"

"아니요. 괜찮아요."

둘은 사무실 가운데에 있는 소파에 앉았다. 잠시간의 침묵. 먼저 입을 연 건 원지석이었다.

"할 말이 있지 않니?"

"네. 그렇죠."

생각을 정리했으면서도 그 말을 꺼내는 게 쉽지 않은 모양이었다. 이윽고 각오를 끝낸 그가 조심스레 말했다.

"겨울 이적 시장을 통해 팀을 떠나고 싶어요."

예상했던 말이 나오자 안경을 벗은 원지석이 손으로 눈을 덮었다.

눈가를 꾹꾹 누르며 마사지를 하던 그가 손을 내리지 않고 물었다.

"남은 시즌 동안 어떻게 될지 몰라. 꼭 가고 싶니?"

"솔직히 말하면 요즘 많이 느끼고 있어요. 이제 이 팀에 제가 없어도 된다는 걸."

폴센은 지난 시즌까지만 하더라도 스트라이커와 윙어를 가리지 않으며 꽤나 많은 출장을 기록했다.

하지만 이번 시즌에 들어서.

신입생들이 자신의 자리를 넓혀갈수록 그의 자리는 좁아져만 갔다.

벤치에 앉은 폴센은 경기를 뛰는 선수들을 보며 많은 것을 느꼈다. 자신이 없어도 승리하고, 승리를 만끽하는 선수들을 보며.

이제 이 팀에 그의 자리는 없다는 걸.

"…알았다."

손을 치우고.

다시 안경을 쓴 원지석이 조용히 고개를 끄덕였다.

강제로 잡는다면 얼마든지 남길 수 있다. 하지만 그러지 않은 건 폴센에게 너무 잔인한 일이 되리란 걸 알기 때문이다.

현재 폴센은 공격수로선 네 번째 옵션에 가까웠다.

부동의 주전인 베르너와 그 파트너로 성장하는 오귀스탱. 그리고 전술에 따라 최전방에 올라서는 자비처.

측면에서도 그리 많은 기회를 받는 편은 아니기에 원지석은 그가 떠나고 싶어 하는 마음을 이해했다.

"보드진에게 말해보마. 이후는 너의 몫이야."

"감사합니다, 감독님."

고마움을 표시한 폴센이 떠났다.

홀로 남은 사무실에서 원지석이 한숨을 쉬며 몸을 일으켰다.

아직 전반기는 끝나지 않았고, 겨울 이적 시장은 시작하지 않았다.

폴센이 이적한다고 해서 라이프치히의 큰 타격은 없을 거로 보였다. 그랬기에 이적을 허락한 거였고.

"씁쓸하다."

모든 선수들이 성공을 거머쥘 수는 없다. 그래도 그가 흘린 땀을 알기에 원지석은 쓰게 웃으며 고개를 저었다.

「[키커] 폴센의 이적 요청!」
「[키커] 겨울 이적 시장을 통해 팀을 떠날 것으로 보이는 유수프 폴센」

폴센에 대한 이야기가 언론을 타고 전해졌다.

이번 시즌에 들어서 대부분을 교체로 출전했던 폴센이었기에 사람들도 이해한다는 반응을 보였다.

「[빌트] 많은 관심을 받는 폴센!」
「[빌트] 호펜하임의 나겔스만, 폴센에게 관심?」

아직 이적 시장은 열리지 않았지만, 꽤 많은 팀들이 폴센에게 관심을 드러냈다.

그들은 구단과 폴센에게 이런저런 제의를 할 터였다. 이제부턴 원지석의 손을 떠난 일이었다.

「[키커] 벨미르, 우리는 이기기 위해 간다」

원지석과 함께 인터뷰에 참가한 벨미르는 강한 자신감을 표출했다. 슈퍼 컵의 실수는 얼마든지 만회할 준비가 되었다는 거였다.

이에 맞서는 뢰브 역시 준비는 끝났다며 라이프치히를 기다린다고 말했다.

그런 말을 할 정도로 최근 바이에른의 기세는 무서운 편이었다. 6경기 연속으로 승리를 거두었고, 홈에서는 한 번도 지지 않았으니까.

더군다나 이번 경기는 바이에른의 홈인 알리안츠 아레나에서 열린다. 그들에겐 순위를 뒤집을 찬스나 다름없었다.

"힘든 상대이긴 하지만 승점 3점 이상의 의미는 없습니다. 이 경기를 이겨도 다른 팀에게 진다면 의미가 없죠."

원지석은 그렇게 말하며 과열된 분위기를 진정시켰다.

'라이벌이라.'

그렇다고 하기엔 서로 간의 이야기가 너무 적었다. 차라리 분데스리가의 모든 팀이 라이프치히의 라이벌이라 하는 게 나을 것이다.

마침내 경기 당일.

모든 준비를 끝내고 알리안츠 아레나에 도착한 라이프치히는 라커 룸에 들어갔다.

선수들이 유니폼으로 갈아입고, 마지막 점검을 하던 원지석은 슬슬 시간이 됐다는 걸 깨달았다. 그가 자리에 앉은 선수들에게 말했다.

"리벤지 매치다."

흠. 머리를 긁적인 그가 발걸음을 떼며 마무리를 지었다.

"복수하러 가자."

＊　　　　＊　　　　＊

양 팀의 라인업이 발표되었다.

바이에른 뮌헨의 전술은 하인케스 때와 크게 달라진 점이 보이지 않았다.

이미 잘나가고 있는 팀에 큰 변화를 줄 필요는 없다고 판단, 대신 젊고 뛰어난 선수들을 영입해 팀의 퀄리티를 높였다.

포백은 알라바, 훔멜스, 보아텡, 키미히가.

중원에는 티아고 알칸타라와 코랑탱 톨리소가 중심을 잡으며 뮐러가 올라섰고.

최전방에는 코망, 레반도프스키, 말콤이 자리를 잡았다.

일단은 433의 포메이션이지만 뮐러의 움직임에 따라 시시각각 바뀔 전형이었다.

이에 맞서는 라이프치히는 4141의 포메이션을 꺼냈다.

포백으로 브레노, 우파메카노, 히메네스, 베르나르두가.

중원에는 포르스베리, 세리, 뎀메, 자비처가 섰으며 그 밑을 벨미르가 받쳤다.

최전방에는 베르너가 홀로 서며 팀의 공격을 이끌었다.

—라인업을 먼저 확인하신 분들도 있겠지만, 라이프치히의 팬들이 보기엔 놀랄 라인업일 겁니다.

—네. 브레노와 벨미르가 선발로 나섰군요?

슈퍼 컵에서 부진한 모습을 보였던 둘이 다른 경기도 아닌 바이에른과의 경기에 선발로 나섰다. 이에 따라 팬들의 SNS는 한바탕 난리가 났다.

로테이션으로는 괜찮은 자원임에도 오늘 같은 큰 경기에 꼭 써야겠냐는 반응이 인터넷을 뜨겁게 달궜다.

상대 팀 감독과 악수를 하기 위해 다가가던 원지석이 흠칫 놀라며 멈칫했다.

바이에른의 감독인 뢰브가 손가락으로 코를 후비적거리고 있었기 때문이다.

'흐음.'

뢰브는 평소 고간을 벅벅 긁적이거나, 코를 파는 장면이 카메라에 자주 찍힐 정도로 거침없는 사람이었다. 누군가에게는 더러운 사람이겠지만.

그때 둘의 눈이 마주쳤다.

"다시 만나니 반갑군요!"

하하 웃으며 악수를 위해 내밀어진 손. 그게 방금 전까지 콧구멍 안쪽을 드나들던 손이란 걸 알기에 몸이 쭈뼛 섰다.

원지석은 재빨리 그쪽 손을 슬쩍 밀어내며 뢰브를 끌어안았다. 포옹을 하며 등을 몇 번 두드린 그가 잘해보자는 말과 함께 서둘러 떠났다.

"감독님!"

그때 원지석을 향해 다가오는 사람이 있었다.

이번 여름 바이에른으로 이적을 택한 말콤이었다.

"오랜만이네요."

"오랜만이구나."

가까이 다가오는 말콤에게 손을 뻗은 원지석이 그대로 헤드록을 걸었다.

"아악!"

"인터뷰에선 꽤나 건방 떨더라. 응?"

말콤은 경기 전 인터뷰에서 꽤나 도발적인 말을 남겼다. 라이프치히는 별거 아니며, 원지석을 이기는 일은 무척 흥분될 거라고.

"여기서 숨 좀 거칠어져 볼까?"

"아니, 그런 말을 할 수도 있지… 아니, 잘못했어요!"

점점 힘이 세지는 걸 느끼며 말콤이 항복을 선언했다. 손을 뺀 그가 어깨를 으쓱이며 물었다.

"바이에른 생활은 어때."

"슬슬 적응해 가고 있죠."

이런저런 이야기를 나누던 그들은 슬슬 시간이 됐다는 걸 깨닫고 마지막으로 악수를 나누었다.

"잘할 수 있을 거야. 이번 경기만 빼고."

"인터뷰로 했던 말, 거짓말은 아니니까요."

서로를 보며 웃은 둘이 등을 돌리며 헤어졌다. 이윽고 모든 사람들이 자신의 자리로 찾아갔다.

감독과 코치는 벤치로.

선수들은 그라운드로.

그들은 곧 울릴 주심의 휘슬 소리를 기다렸다.

삐이익!

마침내 경기가 시작되었다.

바이에른은 홈인 만큼 그 이점을 살리기 위해 공격적으로 나섰다. 라이프치히는 중원에서의 수적 우위를 살리기 위해 그들을 적극적으로 압박했다.

─아, 또 좋은 패스를 보여주는 티아고 알칸타라!

─긴 부상에서 돌아왔지만 여전히 죽지 않은 퍼포먼스를 보여주는군요!

티아고 알칸타라는 유망주 시절부터 주목을 받던 플레이메이커이며, 바이에른으로 이적한 뒤에는 팀의 핵심 자원이 되었다.

다만 유리 몸이란 별명이 어울릴 정도로 잦은 부상은 번번이 그의 발목을 잡았다.

그래도 복귀 후엔 꾸준히 좋은 모습을 보여주니 바이에른으로서도 애지중지할 선수인 것은 틀림없었다.

그런 알칸타라가 긴 패스를 찔렀다.

오른쪽 측면으로 뻗어간 롱패스.

그걸 받은 사람은 말콤이었다.

─공을 받은 말콤! 그대로 안쪽으로 파고듭니다!

─따라가는 브레노! 아! 뮐러어어!

말콤은 욕심을 부리지 않고 중앙을 향해 스루패스를 보냈다. 그리고 그 공을 받으러 뛰는 선수가 있었다.

라움도이터.

공간 연주자라 불리는 토마스 뮐러였다.

쾅!

강한 슈팅이 우파메카노의 다리 사이로 쏘아졌다.

뮐러의 슈팅과 함께 골문 앞에 있던 굴라치가 나섰다.

슈팅의 궤적을 좇던 그가 고개를 끄덕였다. 충분히 막을 수 있는 공이었다.

변수는 그때 나타났다.

우파메카노가 공을 걷어낸다는 게, 그만 발을 스치며 굴절이 되고 만 것이다.

'시발.'

좆 됐다.

굴라치와 우파메카노 둘은 동시에 그걸 직감했다.

예상하던 각도에서 벗어난 공은 반대 방향으로 꺾이며 그대로 골라인을 넘어서고 말았다.

역동작에 걸리며 몸을 멈칫한 굴라치가 허망한 얼굴로 고개를 저었다. 그러다 그의 발치까지 굴러온 공을 분풀이하듯 찼다.

─고오오올! 뮐러의 강렬한 슛이 골 망을 흔듭니다!
─굴라치 골키퍼도 공이 굴절되며 손을 쓰지 못했네요!

결국 골이 터졌다.

씁쓸한 얼굴의 라이프치히 선수들을 지나치며 바이에른의 선수들이 셀레브레이션을 즐겼다.

장내 아나운서가 매우 열정적인 목소리로 콜 사인을 던지자 바이에른의 관중들도 그것을 따라 불렀다. 뮐러를 외치는 거대한 함성에 어깨가 찌릿찌릿 떨릴 정도였다.

뮐러의 모습을 찍던 중계 카메라가 화면을 바꾸며 원지석을 잡았다.

그는 선제골을 먹혔음에도, 홈 팬들의 압박에도 무덤덤한 얼굴을 하고 있었다.

"운도 드럽게 없지."

옆에 있던 케빈의 말에 원지석이 고개를 끄덕였다. 맞다. 운이 없었다. 하지만 균형이 깨진 스코어는 거짓말을 하지 않는다.

"이 정도는 각오해야죠."

그들의 팀을 상대 팀보다 낮게 잡은 게 아니다. 오히려 조바심을 내지 않아도 된다는 자신감에 가까웠다.

이곳은 늙은 왕의 궁전.

그들은 피 묻은 도끼를 들고 난입한 야만족이다.

화살을 맞을 각오는 이미 끝낸 상황.

―아, 자책골이 아닌 뮐러의 골로 기록되는군요.

―전반 23분, 선제골을 넣은 바이에른이 리드를 잡은 상황입니다. 과연 라이프치히가 균형을 다시 맞출 수 있을까요?

라이프치히는 다시 전열을 가다듬으며 이어질 경기를 준비했다.

그런 와중에도 전의를 불태우는 선수가 있었다. 벨미르였다. 녀석이 침을 퉤 뱉으며 중얼거렸다.

"쪽팔리게."

오늘 수비형미드필더로 나선 그는 뮐러를 비롯한 바이에른의 공격진들을 압박하는 역할을 맡았다.

특히 공간을 기가 막히게 이용하는 뮐러는 요주의 대상이었다. 그런 상황에 골을 먹혔으니 퍽 자존심이 구겨졌다.

"두 번은 없다."

벨미르의 중얼거림과 함께 휘슬이 울렸다.

골을 먹혔음에도 라이프치히의 전술은 변한 게 없었다. 강한 압박으로 바이에른의 숨통을 조이며, 빠르고 날카로운 역습을 시도한다.

이는 바이에른의 강력한 쓰리톱을 막기 위한 대책이었다.

캄플이 아닌 뎀메를 선발로 내세운 이유 역시 그런 점에 있었다. 상대 윙어들을 압박하기 위해서 말이다.

—뎀메와 베르나르두의 협력수비! 공을 뺏는 데 성공합니다!
—이어지는 라이프치히의 빠른 역습!

코망에게서 볼을 뺏은 뎀메가 측면으로 공을 길게 찔렀다. 이를 받은 건 라이프치히의 오른쪽 윙어인 자비처였다.

자비처가 측면을 질주했다.

그는 수비에 가담하는 티아고 알칸타라를 피하며 길게 공을 보냈다. 알칸타라가 계속해서 따라붙었지만, 몸싸움으로 떨쳐내고는 더욱 깊게 진입했다.

—티아고의 압박을 어깨로 밀어낸 자비처!
—무섭게 돌진하는 모습이 마치 황소 같습니다!

그 앞을 막아선 건 바이에른의 중앙미드필더인 톨리소였다. 포백을 보호하기 위해 좀 더 아래로 내려간 그가 알라바와 함께 자비처를 에워쌌다.

'어디.'

간을 볼 겸 슬쩍 다가간 톨리소가 발을 뻗었다.

동시에 자비처가 공을 뒤쪽으로 끌었다.

'드래그 백?'

수비수의 태클에 맞춰 공을 뒤로 빼는 기술. 하지만 읽혔다면 의미가 없다.

'걸렸어!'

눈을 빛낸 톨리소가 몸을 가까이 붙이며 본격적인 수비에 들어가려 할 때였다.

공을 뒤로 뺀 자비처가 몸을 돌리는 턴 동작으로 압박을 벗어났다.

─자비처의 환상적인 턴!

─두 명의 압박을 완벽하게 따돌리네요!

중계진마저 감탄할 환상적인 탈압박이었다. 그러면서도 자비처의 눈은 주위를 빠짐없이 훑었다.

베르너의 근처는 훔멜스가 따라다녔고, 빈 공간으로 공을 찔러줄 틈이 보이지 않았다.

그렇다고 직접 돌파를 하기엔 상황이 좋지 못했다. 결국 자비처는 욕심 대신 이타적인 판단을 내렸다.

—중앙으로 공을 찔러줍니다!

그의 스루패스가 중앙으로 흘렀다.
그리고 그 공을 향해 뛰는 사람이 있었다.

—세리의 슈우웃!

멀리서 달려오던 세리가 그대로 슈팅을 날렸다. 하지만 약간
빗나가며 벽을 때리고 말았다.
"미안."
"아냐, 좋았어."
세리가 손을 들며 미안하다는 제스처를 취했다. 자비처는
괜찮다는 듯 엄지를 들었고.
기회를 놓치긴 했지만 라이프치히의 전술을 알 수 있는 장면
이었다.
윙어들을 통한 빠른 역습, 측면보단 중앙으로 파고들며 확실
한 찬스를.

—다시 한번 돌파하는 자비처! 오늘 라이프치히의 역습을 주도
하는 선수는 자비처입니다!

돌격 대장은 자비처였다.

그는 본인의 능력을 완벽하게 보여주며 바이에른의 측면을 초토화시켰다.

톨리소와 알라바가 아니었다면 이미 개인 기량만으로 몇 골을 뽑아냈을 정도로, 오늘 그가 보여준 퍼포먼스는 매우 뛰어났다.

그런 노력은 헛되지 않았다.

기어코 자비처의 발끝이 동점골을 뽑아낸 것이다.

시작은 포르스베리였다.

그가 측면에서 낮은 크로스를 찔렀고, 이를 세리가 원터치 패스로 방향만 바꾸며 베르너에게 보냈다.

"베르너!"

공을 받은 베르너가 수비수들을 등지고 포스트플레이를 해주었다. 뒤에서 파고드는 손은 그를 넘어뜨리려 했지만, 이를 악물고 견디며 공을 흘렸다.

—자비처어어!

쾅!

강렬한 슈팅이 쏘아졌다.

정확히 골문 구석으로 향한 슈팅은 골대를 맞고 안으로 팅겼다. 천하의 노이어도 어쩔 수 없던 환상적인 슈팅이었다.

—고오올! 결국 동점골을 뽑아내는 자비처의 환상적인 슈팅!

—그야말로 대포알 같은 슛이었습니다!

"잘했어!"

어시스트를 기록한 베르너가 자비처에게 달려가 격한 포옹을 나누었다.

둘은 서로를 보며 고함을 지르는 셀레브레이션을 했고, 곧 어깨동무를 하며 돌아갔다.

중계 카메라가 다시 한번 원지석을 잡았다.

그는 꽉 쥔 주먹을 작게 흔들며 고개를 끄덕였다.

"이제 원점이야."

동점골이 터진 이후로 양 팀의 경기는 점점 격해지고 있었다.

뮌헨은 라인을 높이 올리며 라이프치히의 수비를 두들겼고, 라이프치히는 빠른 역습으로 그런 상황을 이용하려 했다.

경기는 점점 거칠어지며 자연스레 파울을 선언하는 휘슬도 더욱 자주 나오게 되었다.

—아! 벨미르가 또 한 번 뮐러의 슛을 걸어냅니다!

—정말 집요하네요!

벨미르는 포백을 보호하면서도 뮐러의 움직임을 놓치지 않았다.

특히 뮐러 특유의 공간을 파고드는 움직임엔 귀신같이 냄새를 맡으며 그 뒤를 따라붙었다.

"끈질긴 새끼!"

"칭찬 고마워."

짜증 섞인 욕설에 녀석이 한쪽 눈을 찡긋거렸다. 상대를 해봤자 자기 손해인 걸 알기에 뮐러가 한숨을 쉬며 고개를 돌렸다.

ㅡ이번에는 레반도프스키에게 가던 패스를 슬라이딩태클로 차단하는 벨미르!

ㅡ그야말로 미드필더 구역을 쓸어내는 청소기입니다.

원지석이 꺼낸 압박 전술의 핵심은 벨미르였다.

녀석은 치열한 싸움에서 더욱 빛났다.

실전에서 더욱 강한 녀석.

엄청난 승부욕은 그걸 가능하게 만들어주었다.

결국 벨미르가 공을 걷어내는 것으로 전반전을 끝내는 휘슬이 울렸다.

라이프치히의 라커 룸은 조용했다. 가라앉은 게 아니다. 그저 조용히 타오르고 있을 뿐.

"잘했어. 모두 움직임은 나쁘지 않았고, 전반전이 끝나기 전에 동점골을 뽑아낸 건 특히 좋았다."

원지석은 그런 선수들을 칭찬하며 이제 팀의 기어를 바꾸기로 마음먹었다.

"이제 욕심 좀 내보자."

강한 압박과 빠른 역습은 많은 체력을 요구하는 만큼, 그 기세를 유지하기 쉽지 않았다.

승부를 마무리 짓지 못하고 퍼진다면 결국 바이에른의 먹잇감이 될 뿐이다. 원지석은 선수들에게 바뀐 점을 설명했다.

삐이익!

후반전을 알리는 휘슬이 울렸다.

바이에른은 그런 라이프치히의 속셈을 알고 있다는 듯 안정적인 경기 운영을 펼쳤다. 상대 팀이 거센 압박을 할수록 유리해지는 건 그들이었다.

라이프치히 역시 시종일관 압박을 하진 않았다. 틈을 기다리며 압박과 역습을 빠르게 이어갔지.

그러던 중 사고가 터졌다.

바이에른이 세트피스를 얻어낸 상황이었다.

─팀닥터들이 서둘러 들어갑니다!
─벨미르 선수가 쓰러졌군요!

카메라가 벨미르를 잡았다.

녀석의 얼굴은 시뻘겋게 물들어 있었다.

"뭐야, 이거."

벨미르는 눈을 타고 흐르는 뜨겁고 축축한 느낌에 불쾌하다는 듯 중얼거렸다.

손끝으로 건드려 보니 따끔한 느낌과 함께 시뻘건 피가 묻어
나왔다.

"피?"

세트피스 상황에서 헤딩 경합을 하다 팔꿈치에 이마가 찢긴
것이다. 줄줄 새던 피가 턱을 타고 뚝뚝 떨어졌다.

─출혈이 꽤 심하네요. 이러면 선수교체를 할지도 모르겠군요.

─오늘 매우 좋은 퍼포먼스를 보여준 벨미르이기에 원지석 감
독에겐 청천벽력인 소식일 겁니다.

결국 벨미르는 라인 밖으로 나가며 팀닥터들에게 치료를 받
았다.

일단은 소독과 붕대로 응급처치를 했지만, 붕대를 감았음에
도 피가 멈추지 않는다면 선수를 교체해야만 한다.

"어떤 거 같아요?"

"아무래도 좀."

팀닥터가 고개를 젓는 모습에 원지석이 혀를 찼다. 하지만
어쩌겠는가. 부상이 있는 선수를 뛰게 할 수는 없다.

"어쩔 수 없죠. 케빈, 교체 준비를……."

그렇게 교체를 준비할 때였다.

원지석의 발걸음을 잡는 소리가 들렸다.

"안 돼!"

"잠깐, 움직이지 마!"

붕대를 감다 말고 벨미르가 몸을 벌떡 일으키자, 팀닥터들이 기겁을 하며 따라왔다.

그럼에도 녀석은 씩씩거리며 원지석에게 다가갔다. 선수는 감독의 눈을 똑바로 보며 말했다.

"이런 걸로 교체할 필요는 없어. 보스니아에선 항상 있었던 일이니까!"

"너, 그러다 큰일 난다."

"맞아. 쓰러지고 싶냐?"

원지석과 케빈의 말에도 벨미르는 자신의 고집을 꺾지 않았다. 고작 피부가 좀 찢어진 거다. 다리가 부러지는 게 아닌 이상 그를 설득할 순 없었다.

벨미르는 노려보듯 원지석을 보며 으르렁거렸다.

"만약 교체되면 당신을 평생 원망할 거야."

이렇게까지 말하니 원지석이 한숨을 쉬며 고개를 저었다. 이런 돌아이는 그로서도 처음이다.

결국 한 걸음 물러선 그가 뒤에서 안절부절못하던 팀닥터들에게 눈짓을 주었다.

최대한 잘 처리하라는 거였다.

고개를 끄덕인 팀닥터들이 재빠르게 달려와 느슨해진 붕대를 다시 감기 시작했다.

녀석은 팔짱을 끼며 묵묵히 치료를 받았다. 그런 벨미르를 보며 원지석이 단호하게 입을 열었다.

"명심해. 만약 피가 멈추지 않는다면 바로 교체 카드를 꺼낼 거다. 원망? 하려면 하든가."

그 말에 벨미르가 고개를 끄덕였다.

이윽고 응급처치를 끝낸 팀닥터들이 떨어지며 벨미르가 터치라인에 다시 섰다.

―아, 벨미르 선수가 다시 경기에 들어오는군요?

―머리에 붕대를 감은 그가 들어올 준비를 합니다.

곧 공이 아웃되며 벨미르가 다시 경기에 투입되었다. 그가 쓰러지며 피를 얼마나 흘렸는지 본 선수들은 눈을 크게 뜨며 그 모습을 보았다.

"미친놈."

바이에른 선수들은 그들을 노려보는 벨미르의 독기 가득한 눈을 보며 질린다는 듯 중얼거렸다.

"끝까지 가보자고."

벨미르가 들어가는 것과 동시에.

뚝.

하늘에서 빗방울 하나가 떨어졌다.

*   *   *

"괜찮겠어?"

"걱정 마. 침 좀 바르면 나으니까."

자비처의 물음에 벨미르가 고개를 끄덕였다. 녀석은 슬쩍 손을 뻗어 상처가 있을 곳을 만졌다. 붕대의 묘한 감촉이 느껴졌다.

벨미르! 벨미르! 벨미르!

그때 귓가를 간지럽히는 소리에 벨미르가 고개를 돌렸다.

먼 길을 함께한 원정 팬들이 그의 이름을 연호하고 있었다. 그 응원 소리에 벨미르가 씨익 웃었다.

─경기가 다시 시작됩니다.

한 방울씩 떨어지던 빗방울은 점점 그라운드를 촉촉하게 적셨다.

다시 돌아온 벨미르는 부상을 입었음에도 몸을 사리지 않는 허슬플레이를 보여주었다.

─아! 몸을 던지며 패스를 끊어내는 벨미르!

측면에서 달려오던 벨미르가 다이빙 헤더로 공을 걷어냈다. 흰 붕대가 더럽혀졌지만, 녀석은 상관없다는 듯 땅을 기며 공을 포기하지 않았다.

와아아!

라이프치히 팬들은 그런 벨미르의 플레이에 엄청난 환호를 보냈다. TV 중계로는 느껴지지 않을 선수의 투지가 느껴졌기 때문이다.

"시발."

하지만 벨미르로로선 다른 걱정이 있었다.

떨어지는 비로 인해 붕대가 축축하게 젖는 게 느껴졌다. 문제는 빗물 때문에 피가 번질 수 있다는 거였다.

'설마 이런 걸로 빼진 않겠지.'

지혈이 되지 않으면 바로 빼버린다던 원지석의 엄포가 떠올랐다. 동시에 이렇게까지 해야 하는 걸까 싶었다.

어차피 리그 경기야.

그렇게까지 할 필요는 없잖아?

누군가가 뒤에서 속삭이는 기분이 들었다. 하지만 그렇게 속삭이는 건 다름 아닌 그 자신이었다.

"좆 까!"

녀석이 으르렁거리듯 욕지거릴 내뱉으며 달렸다. 그러고는 수비 사이를 파고들던 밀러의 옆으로 몸을 넣으며 공을 뺏었다.

시간은 계속해서 흘렀다.

빗줄기는 점점 굵어져만 갔다.

"하아, 하아!"

벨미르의 숨도 빗줄기처럼 거칠어졌다. 만약 날이 더 추웠다면 머리 위에 김이 났을 정도로.

왜 이렇게 경기에 집착하게 되었더라.

흐릿한 머릿속에서 그런 의문이 던져졌다.

자연스레 보스니아 시절이 떠올랐다. 당시 그는 프로 데뷔도 하지 못한 유소년이었다. 성공을 위해 필사적으로 발버둥 치던.

하루는 감기가 걸려 고열이 심해 경기에 나가지 못했다.

결국 다른 녀석이 대신해서 뛰었고, 그 경기에서 뛰어난 활약을 보이며 벨미르는 그대로 벤치로 밀려나고 말았다.

그리고 얼마 가지 않아 프로로 데뷔하는 걸 보며 벨미르는 큰 충격을 받게 되었다.

만약 그때 참고 뛰었다면.

그런 후회는 트라우마에 가깝게 변하며 지금의 승부욕과 합쳐졌다.

─뮐러의 속임수를 간파하는 벨미르!
─오히려 부상을 입은 뒤로 완벽에 가까운 모습을 보여줍니다!

평소 화려한 개인기를 즐겨 쓰지 않은 뮐러지만, 계속해서 부딪치는 벨미르를 상대로 변화를 줄 겸 기술을 걸었다.

공을 바깥쪽으로 빼는 척하며 다시 안으로 터치하는 플립 플랩.

하지만 벨미르는 동요하지 않고 슬쩍 발을 내밀었다. 신물이 올라올 정도로 매일 반복되던 훈련은 무의식적으로 발을 뻗게 만들었다.

그 결과는 놀라웠다.

너무나 쉽게 공만 빼낸 것이다.

'이걸?'

설마 이렇게 간단히 막힐 줄은 몰랐는지 뮐러가 놀란 얼굴이 되어 고개를 돌렸다.

그 순간 둘의 눈이 마주쳤다.

그때 뮐러는 소름이 끼치는 걸 느꼈다.

녀석의 눈은 초점이 흐려져 있었다. 즉, 제정신이 아니라는 소리.

흐리멍덩한 눈에서 느껴지는 건 광기에 가까운 승부욕뿐이었다.

"뭐야, 시발."

놀란 것은 벨미르 역시 마찬가지였다.

그는 멍했던 정신이 돌아오자 자신의 발끝에 걸린 공을 보며 기겁했다. 하지만 아무려면 어떤가. 깊게 생각하지 않기로 한 벨미르가 뎀메에게 공을 넘겼다.

뎀메는 박스 투 박스 미드필더처럼 움직이며 세리에게 공을 운반했고, 세리는 전방으로 패스를 뿌렸다.

―베르너의 슈팅! 하지만 노이어에게 막히네요!

―후반전에 들며 슈팅 찬스를 잡는 건 라이프치히입니다!

그들의 말처럼 라이프치히는 후반전에 들어서 경기의 주도

권을 잡고 있었다.

그 중심은 벨미르였다. 녀석은 포백 앞의 수문장이 되어 바이에른의 공격을 틀어막았다.

하지만 그 묘한 움직임을 라이프치히의 벤치에서도 눈치챘다. 코치들은 당장 벨미르를 교체해야 한다고 말했다.

"잠깐만요."

그것을 말린 건 다름 아닌 원지석이었다.

그는 벨미르의 플레이에서 끝까지 눈을 떼지 않으며 중얼거렸다.

"조금만 더 지켜봅시다."

"하지만 감독님!"

"조금만 더요. 책임은 내가 지겠습니다."

원지석은 무언가에 홀린 것처럼 벨미르의 모습을 보았다. 녀석은 무언가 깨달음을 얻은 것처럼 변하는 중이다. 그걸 방해하면 안 되겠다는 생각이 들 정도로.

"우리는 어쩌면, 하나의 전설이 태어나는 걸 보고 있을지 모릅니다."

그 말에 코치들도 입을 다물었다.

이제는 벤치에 있는 모두가.

한 녀석의 모습을 좇았다.

비는 이제 거칠게 쏟아지며 선수들을 두들겼다. 이쯤 되니 벨미르도 편하게 생각하기로 했다.

'핏물쯤이야 빗물에 씻겨 나가겠지.'

속 편한 생각을 하며 슬쩍 터치라인을 보았다. 원지석이 심각한 얼굴로 이쪽을 보는 게 보였다. 그걸 보니 바로 교체되진 않겠다는 생각이 들었다.

"하하."

실성한 것처럼 웃음을 터뜨린 녀석이 몸을 돌리며 달려갔다.

―분명 점유율은 라이프치히가 낮지만, 점유율이 경기력과는 크게 상관이 없다는 걸 보여주는 경기네요.

―일방적으로 밀리기만 했던 슈퍼 컵 때와는 확연히 다른 라이프치히입니다.

DFL―슈퍼 컵 때는 점유율에서도 밀리며 아무것도 하지 못했다. 하지만 지금은 다르다. 그들의 공격은 날카로웠고 번번이 골문을 노렸다.

그리고 그걸 만들어낸 선수는 브레노와 벨미르였다.

당시 어설픈 모습을 보여주었던 둘은, 이번 경기에선 공격과 수비의 핵심이 되어 바이에른을 압박했다.

그때와 같은 선수들이 맞는가?

바이에른의 관중들은 무심코 그런 생각을 떠올렸다. 분명 같은 사람은 맞다. 하지만 보여주는 활약은 완전히 달랐다.

이들을 녹아들게 한 이는 원지석이었다.

DFL―슈퍼 컵 때의 실패 이후 원지석은 신입생들을 팀에 섞이도록 큰 공을 들였다. 조바심을 내지 않고 교체부터 차근차

근히.

"뛰어! 가!"

역습 상황.

원지석은 선수들에게 소리를 지르며 손짓했다.

그 지시에 선수들이 이를 악물며 뛰었다. 후반 73분. 슬슬 선수들이 퍼질 시간이다. 더 늦기 전에 차이를 만들어야만 한다.

―벨미르의 긴 패스가 측면을 찌릅니다!

―공을 받으러 가는 선수는 브레노! 빨라요! 벌써 저기까지 뛰어갔네요!

바이에른의 오른쪽 풀백인 키미히는 중앙으로 파고든 포르스베리를 마크하기 위해 측면에서 멀어진 상황.

그 빈자리를 빠른 발로 들어간 브레노가 패스를 받아냈다. 만약 전반전이었다면 욕심을 내지 않고 중앙으로 공을 돌렸을 것이다.

'들어간다.'

하지만 하프타임의 라커 룸에서.

원지석은 선수들에게 욕심을 내라고 말했다.

브레노는 그 말에 용기를 얻고 욕심을 내기로 마음먹었다. 공을 안쪽 발로 잡아둔 그가 그대로 몸을 접으며 페널티에어리어 안으로 침입했다.

포르스베리를 마크하던 키미히가 슬쩍 떨어지며 공간 수비에 들어갔고, 센터백인 보아텡이 브레노의 앞을 막아섰다.

'들어간다!'

거침없이 들어오는 보아텡을 보며 브레노가 공을 발끝으로 툭 올렸다.

수비수의 머리 위로 공을 넘기는 기술인 솜브레로가 펼쳐지자 모든 사람들이 숨을 삼켰다.

브라질의 전설이자 화려한 개인기를 즐겨 쓰던 호나우지뉴가 애용하던 기술로, 공의 낙하지점을 조절하기 어려워 잘 쓰이지 않는 기술이었다.

"들어간다!!"

몸을 돌리는 보아텡보다 먼저 돌파한 브레노가 그대로 발리 슈팅을 때렸다.

쾅!

강렬한 슈팅이 골 망을 흔들었다.

─고오오오올! 골이에요 골! 브레노의 환상적인 고오오올!

─이런 골은 쉽게 볼 수 없는 골이죠! 엄청난 득점입니다!

골이 들어간 걸 확인한 브레노가 깜짝 놀란 얼굴로 고개를 돌렸다. 동료들이 소리를 지르며 그에게 달려오고 있었다.

"이 녀석! 잘했어!"

베르너, 포르스베리를 비롯해 다른 선수들까지 다가와 브레노의 머리를 쓰다듬었다.

그제야 실감이 난 듯 녀석은 하늘을 향해 포효하며 기쁨을 만끽했다. 그러고선 카메라로 달려가 몸을 돌렸다.

먼 고향에 있는 아버지가 볼 수 있도록 등에 적힌 이름을 쿡쿡 가리킨 그가 환하게 웃으며 돌아갔다.

그때 벨미르의 모습이 보였다. 그는 무언가 흐느적거리면서도 손을 내밀었다.

"끝내주는 슈팅이었어."

"끝내주는 수비였어요."

그렇게 말한 둘이 손바닥을 마주치며 하이 파이브를 했다.

역전을 당한 바이에른 뮌헨이 공격을 퍼부었다. 결국 뮐러가 빠지고 장신의 공격수인 바그너가 들어가며 새롭게 라이프치히의 수비를 공략했다.

하지만 라이프치히의 수비는 굳건히 닫혀 더 이상의 골을 허용하지 않았다.

모든 관중들이 시계를 보았다.

78분.

바이에른의 팬들은 겨우 이거밖에 남지 않았냐는 생각을 하고, 반대로 라이프치히의 팬들은 어서 빨리 경기가 끝나길 바랐다.

"다 꺼져!"

레반도프스키의 슈팅을 다시 한번 다이빙 헤더로 막아낸 벨미르가 몸을 일으키며 소리를 질렀다.

이미 붕대는 시뻘겋게 물든 상황.

결국 원지석은 교체 카드를 꺼내며 벨미르를 뺐다.

—벨미르가 빠지고 센터백인 오르반이 들어가는군요?

—라이프치히의 팬들이, 아니, 모든 관중들이 교체되는 벨미르에게 박수를 보냅니다.

바이에른 뮌헨의 팬들 역시 오늘 벨미르가 보여준 투지에 박수를 보냈다.

멍하니 그 소릴 듣던 벨미르가 함께 박수를 치며 라인 밖으로 빠져나갔다. 그러다 그 앞에 있는 원지석을 보며 몸을 멈칫했다.

둘은 서로를 말없이 보았다.

먼저 입을 연 건 원지석이었다.

"잘했다."

그 말에.

벨미르가 환하게 웃었다.

그렇게 쓰러지려는 녀석을 원지석이 부축했다.

"쉬어라."

원지석의 말에 고개를 끄덕인 벨미르가 서서히 눈을 감았다. 이내 새근새근거리는 숨소리가 들렸다.

"감독님! 어서 이리로!"

팀닥터들이 서둘러 달려와 몸을 확인했지만, 이내 어이가 없다는 듯 고개를 저었다.

"그냥 피곤해서 자는 거네요."

　　　　　　*　　　　　*　　　　　*

경기가 끝났다.

브레노의 골을 지킨 라이프치히는 역전 끝에 승점 3점을 챙기게 되었다.

"멋진 승부였네. 멋진 선수였고."

빗물로 홀딱 젖은 뢰브가 악수를 나누며 말했다. 그 역시 오늘 벨미르가 보여준 플레이에 감동을 받은 모양이었다.

"감사합니다."

"하지만 오늘 자네가 내린 판단은, 아주 위험한 짓이었다는 걸 자각하고 있길 바라네."

뢰브의 쓴소리에 원지석이 묵묵히 고개를 끄덕였다.

"알고 있습니다. 그렇기에 각오한 거고요. 나나 저 녀석이나."

"그렇다면 됐네."

서로의 등을 두드려 준 둘은 몸을 돌리며 헤어졌다. 벤치에 돌아가니 잠깐 곯아떨어진 벨미르가 눈을 비비며 일어났다.

"뭐야, 끝났어?"

"끝났다."

하품을 하던 녀석은 곧 무언가를 떠올렸는지 눈을 크게 뜨며 원지석을 보았다.

"근데 아까 뭐라고 했지? 응?"

"글쎄? 무슨 말인지 모르겠는걸."

"아, 진짜!"

제대로 듣지 못한 건지, 아니면 기억이 가물가물한 건지. 벨미르가 억울하다는 듯 따라붙었지만 원지석은 피식 웃으며 지나칠 뿐이었다.

이렇게 해서 라이프치히는 기분 좋게 알리안츠 아레나를 떠나게 되었다.

스코어는 2 : 1.

경기 최우수선수로는 벨미르가 뽑혔다.

34 ROUND
부모

「[키커] 라이프치히의 역전승!」
「[빌트] 벨미르의 놀라운 투지, 팬들을 감동시키다!」

경기가 끝나고 언론들은 벨미르의 이야기로 도배가 되었다. 특히 빌트에서 실은 사진이 사람들에게 큰 반향을 일으켰다.

사진 속에는 바이에른 선수들의 뒷모습과 함께 그들을 마주한 벨미르가 있었다.

희었을 붕대는 더러워지고, 잔디 몇 조각이 지저분하게 붙었다. 비에 흠딱 젖은 모습 역시 좋은 몰골은 아니다.

그럼에도 바이에른의 선수들을 노려보는 독기 가득한 눈은 사납게 빛났다.

—오늘 벨미르는 최고였어!

—TV에서도 그 열정이 느껴지더라. 솔직히 말해 다시 보게 됐어.

—나는 경기장에서 직관을 했는데 최고의 경험이었어! 벨미르의 팬이 된 거 같아!

팬들의 반응 역시 매우 호의적이었다. 아니, 이번 경기로 인해 라이프치히와 벨미르의 팬이 된 사람마저 있을 정도였다.

「[키커] 벨미르에게 관심을 보이는 바이에른?」

그때 충격적인 소식이 들려왔다.

다름 아닌 바이에른 뮌헨이 벨미르를 영입하기 위한 계획을 세우는 중이라며 이적설이 전해진 것이다.

벨미르의 퍼포먼스와 투지에 감명받은 것은 바이에른의 수뇌부 역시 마찬가지인 모양이었다.

더군다나 팀의 주전 미드필더였던 아르투르 비달과 하비 마르티네스는 이제 적지 않은 나이의 선수들이다. 언제 기량이 떨어져도 이상하지 않을 정도로.

「[빌트] 바이에른의 새로운 청소기는 누구?」

벨미르만이 아니라 많은 선수들이 바이에른과 연결되었다.

결국 중요한 건 그들에겐 새로운 수비형미드필더가 필요하다는 거였다.

톨리소는 수비 가담이 뛰어난 선수지만 전문적인 수비형미드필더를 맡기엔 유형이 달랐다. 루디는 겨울을 통해 팀을 떠날 것이 확실해 보였고.

이렇게 대체자를 찾을 때와 맞물리며, 심지어 바이에른의 팬들마저 호의적인 반응을 보이니 벨미르의 영입설은 쉽게 사그라지지 않았다.

설마 우승 경쟁을 벌이는 팀에게 이적을 시킬까 싶어도, 분데스리가엔 이미 많은 전례가 있다.

「[빌트] 벨미르를 유혹하는 바이에른!」

최고의 선수라면 최고의 팀에서.

지금까지 많은 선수들을 홀려 버린 그 말.

성공에 목마른 이 보스니아인을 자극하기엔 최고의 말일 것이다.

「[빌트] 랄프 랑닉, 벨미르는 우리 선수」

물론 라이프치히의 보드진은 그 이적설을 극구 부인했다. 바이에른의 대척점이란 이미지를 만들어가는 와중에 미쳤다고 그런 짓을 하겠는가.

베르너 때도 그랬지만 선수가 이적을 하고 싶다고 해서 팀을 떠날 수는 없다.

거기다 벨미르는 이번 시즌 입단한 선수다. 팬들이 그렇게 불안감을 가라앉히던 중이었다.

「[키커] 벨미르의 계약기간 만료를 노리는 바이에른?」

이번엔 매우 높은 공신력을 자랑하는 키커마저 그 이적설을 다루자 팬들은 패닉에 빠졌다.

바이에른의 계획은 간단했다.

선수가 성장하고 전성기를 맞이할 때, 이적료 없이 자유 계약으로 영입을 하겠다는 계획이었다.

이미 레반도프스키를 비롯한 전례가 있기에 뜬구름을 잡는 이야기로 들리지 않았다.

거기다 훔멜스처럼 바이에른을 욕하며, 클럽에 충성을 맹세하던 선수도 바이에른으로 이적한 만큼 팬들은 두려움에 떨었다.

「[키커] 자신의 이적설에 입을 연 벨미르」

결국 이러한 상황에 벨미르가 나섰다.

"최고의 팀에서, 최고의 감독과 함께, 최고의 팬들을 위해 뛴다."

「[오피셜] 라이프치히와 재계약에 합의한 벨미르」

이런 말을 하고 얼마 지나지 않아서였다. 랄프 랑닉과 악수
를 나누며 재계약에 서명을 하는 사진이 구단의 공식 홈페이지
에 올려졌다.

안 그래도 주가를 올리던 중이었기에 팬들의 반응은 폭발적
이었다. 현재 가장 많은 사랑을 받고 있는 선수라 해도 과언이
아닐 정도로.

─차기 주장감!
─잘츠부르크의 로이 킨이 아닌 라이프치히의 로이 킨!

애정이 섞이며 벨미르를 향한 시선 역시 바뀌게 되었다.

전에는 지랄 맞은 성격의 돌아이였다면, 이제는 불꽃 남자
벨미르로.

정작 그 불꽃 남자는 이적이 아닌 다른 문제로 고민에 빠진
상황이었다. 녀석은 눈앞에 있는 공을 노려보며 앓는 소리를
냈다.

"어떻게 한 거지?"

부상을 안고 뛰던 바이에른과의 후반전.

솔직히 말해 어떻게 뛰었는지조차 기억이 잘 나지 않았다.
멍한 상태로 경기를 뛰었으니까.

나중에 녹화본을 봤을 땐 본인마저 고개를 갸웃거릴 정도였다. 기억이 나긴 나는데 구체적인 디테일이 부족했다.

'그때의 그 감각.'

본인이 이런 감상을 남기는 것도 웃기지만, 영상 속의 벨미르는 엄청났다. 가볍게 발을 툭툭 내미는 것만으로 아주 쉽게 공을 빼냈으니까.

하지만 어떻게?

떠올리면 떠올릴수록 뿌연 안개 속에서 손을 휘젓는 느낌이었다.

"그러니까."

그 모습을 물끄러미 보던 원지석이 얼굴을 구기며 입을 열었다.

"힘 좀 빼라고, 새끼야."

당연히 원지석을 비롯한 라이프치히의 코치진들도 그때의 벨미르를 아주 심혈을 기울여 분석했다.

결론은 그거였다.

녀석은 항상 힘이 들어갔다는 것.

파이팅이 넘치는 건 좋지만, 벨미르는 항상 달궈진 엔진이었다.

벨미르의 플레이 스타일은 거친 움직임에 생각보다 정교한 수비 스킬을 가졌다는 거였다. 반면 이때는 묘하게 흐느적거리는 모습이 나왔다.

머리엔 부상을 입은 데다 비를 맞고 뛰니 힘이 빠지며, 결국 묘한 밸런스가 맞춰졌다는 게 코치진들의 추측이었다.

그래서 원지석은 브레노를 데려왔다.

브레노의 돌파를 최대한 힘을 빼며 막으라는 게 그의 주문이었지만, 결과는 이렇다.

"야, 인마! 애 쓰러진 거 안 보여!"

잔디 위에 쓰러진 브레노를 보며 벨미르가 머쓱하게 머리를 긁적였다.

문제는 이거였다.

녀석의 마음속 깊게 각인된 플레이 스타일이 쉽게 바뀌지 않은 것이다.

"흐으음."

벨미르가 앓는 소리를 내며 공을 툭툭 건드렸다.

솔직히 말하자면 왜 그렇게 해야 되나 싶었다. 그 결과물이 좋은 건 알겠는데, 맨정신으로는 받아들이기가 영 어려웠다.

"지금의 너를 표현하면 이래."

원지석은 보드 마커로 그림을 쭉쭉 그렸다.

게임처럼 수치화된 육각 그래프는 당연하지만 수비 쪽이 우세했다.

"예를 들어서 말이다. 최근 논란이 되는 너의 교묘한 파울 말인데, 언제까지 통할 거 같냐."

심판의 눈치를 보는 벨미르의 귀신같은 파울은 다른 팀 팬들에겐 언제나 논란이 되었다.

심판마다 파울이나 카드를 꺼내는 경향이 다르다. 하지만 악명이 높아져서 좋을 건 없다.

"심판에게 찍히면 받을 파울도 받아내지 못할 거고, 파울이 아닌 상황에서도 카드를 받을 거다."

원지석은 그런 경우를 기억한다.

디에고 코스타.

악동이란 말이 부족하지 않은 선수.

그는 항상 상대 팀 수비수들과 마찰을 일으키며, 심판의 눈을 속이는 교묘한 파울을 저지르기도 했다.

결국 심판에게 찍힌 그는 파울을 당해도 도리어 경고를 받은 적이 한두 번이 아니었다.

"더 나은 선수가 되려면 단점을 고쳐야지."

원지석은 그래프의 빈약한 부분들을 툭툭 건드리며 벨미르의 고집을 꼬집었다.

"이대로 멈추고 싶다면 말리진 않겠는데, 뭐 나중엔 불꽃 남자가 아니라 장풍을 쏘고 다니는 벨미르가 되는 것도 멋있겠네."

"후우."

그 말에 벨미르가 한숨을 쉬었다.

하여간 선수를 자극하는 데엔 도가 튼 감독이었다.

"누가 포기한다고!"

오늘도 라이프치히의 훈련장은 뜨거웠다.

*   *   *

「[키커] 도르트문트를 대파한 라이프치히, 전반기를 1위로 마무리하다」

라이프치히는 전반기 마지막 경기를 기분 좋게 끝내며 겨울 휴식을 맞이하게 되었다.

원지석은 부인인 캐서린과 함께 영국으로 돌아왔다. 휴식이나 여행을 즐기기 위해서가 아닌, 다른 일 때문에 말이다.

「[더 선] 패션모델이 된 원지석!」

둘은 결혼기념일을 맞아 함께 사진을 찍게 되었다. 옷은 캐서린의 동료들이 준비했으며 둘은 런던에 위치한 스튜디오에서 사진을 찍었다.

"처음 봤을 때를 생각하면 아주 다른 사람이 됐네."

캐서린의 친구인 쉐릴 역시 참가했는데, 그녀는 원지석과의 첫 만남을 떠올리며 중얼거렸다.

몇 년 전 친구의 부탁으로 한 남자를 봤을 때 그녀는 기겁하고 말았다. 무심코 몰래카메라를 의심했을 정도로.

"그래도 멋지지 않아?"

"섹시하던데."

옆에 있던 사람들의 말에 쉐릴이 코웃음을 쳤다.

사실 원지석이 이렇게 사람 꼴을 하고 다니는 건 그녀와 캐서린의 몫이 컸다. 혼자서 머리나 피부를 관리하는 방법도 얼마나 힘들게 가르쳤는지.

'그래도.'

쉐릴은 행복하게 웃고 있는 친구의 모습을 보았다. 매우 예뻤다. 사랑은 어떤 메이크업보다 그녀를 빛나게 해주었다.

'옆구리 시리게.'

사귀는 남자 친구와의 결혼을 진지하게 생각하게 된 쉐릴이었다.

「[더 선] 결혼기념일의 화보를 공개한 원지석 부부!」

사진은 잡지가 아닌 캐서린의 SNS에 공개되었지만, 언론이 관심을 보일 정도로 꽤나 많은 화제가 되었다.

세계에서 가장 섹시한 축구 감독.

어느 유명 잡지가 매긴 순위에서 1위를 차지하며 붙은 별명이었다. 원지석 본인은 부끄러워서 언급도 하지 않지만.

거기에 캐서린 역시 사람들의 주목을 끄는 미녀였기에 둘의 화보는 꽤나 멋진 그림이 나왔다.

―멋져요!

SNS에 '좋아요'를 누른 앤디 덕분에 더욱 많은 사람들에게 알려지고 말이다.

한편 부부는 아직까지 런던에서 머무르는 중이었다.

첼시 감독 시절의 집은 팀을 떠나며 다시 구단에게 돌려줬기에, 지금은 새로운 집을 구한 상태였다.

그렇다 해도 평소엔 라이프치히에서 생활하며 잘 쓰이지 않았지만.

오랫동안 집을 비울 땐 청소 업체에 관리를 맡겼기에 집은 깨끗했다. 그런 신혼집을 찾아온 손님이 있었다.

띵동.

벨 소리에 식기를 나르던 캐서린이 서둘러 달려가 인터폰 화면을 확인했다. 그리고 환하게 웃으며 문을 열어주었다.

"앤디!"

"누나!"

손님은 그녀의 동생인 앤디였다.

집을 산 건 작년이지만, 첫 집들이라 그런지 손엔 이것저것 많은 쇼핑백이 보였다.

"감독님은?"

시간이 꽤 흘렀거늘 아직도 감독님이란 호칭을 떼지 못한 모양이었다.

"안에서 요리하고 있어."

그 말처럼 신혼집엔 맛있는 냄새가 풍기고 있었다. 다름 아닌 원지석이 힘을 쓰는 중이었다.

시작은 제임스의 작은 불만이다.

라이프치히 선수들은 원지석의 요리를 사진으로 찍어 SNS에 올렸고, 이는 사람들의 많은 관심을 받았다.

그러던 어느 날 제임스가 그 사진을 올리며 우리도 먹고 싶다며 불만을 토했다. 아니, 거기서 멈추지 않고 원지석과 친한 앤디를 살살 꼬드겼다.

결국 오늘은 명색이 늦은 집들이일 뿐, 사실상 원지석의 요리를 먹기 위한 모임이나 마찬가지였다.

뒤이어 다른 손님들도 모습을 드러냈다.

킴과 라이언은 함께 왔고, 제임스와 제시 커플은 딸 엠마와 함께 도착했다.

가장 큰 변화가 있다면 엠마일 것이다. 못 보던 사이 무럭무럭 자란 엠마는 이제 도도도 뛰어다니며 이것저것 호기심을 드러냈다.

"많이 컸네."

"그렇죠?"

원지석의 말에 제임스가 팔불출 같은 얼굴로 고개를 끄덕였다. 전형적인 딸 바보의 모습에 다른 사람들이 웃음을 터뜨렸다.

"와, 맛있어!"

"맛있다!"

앤디의 감탄사와 함께 라이언이 크게 긍정했다. 아무래도 원지석이 해준 음식이 퍽 마음에 든 모양이었다.

특히 라이언은 숨도 쉬지 않는 것처럼 그릇에 고개를 처박고 입을 움직이고 있었다. 내용물이 스르륵 사라지는 걸 보며 엠마가 웃음을 터뜨렸다.

그렇게 간만에 만난 그들은 이런저런 이야기를 나누며 그동안의 해후를 풀었다.

그때였다.

'음?'

원지석은 주머니 속에서 진동이 울리는 걸 느끼곤 스마트폰을 꺼냈다. 발신인을 확인하니 랄프 랑닉이 보낸 메시지였다.

그리고 그 내용을 확인한 원지석이 얼굴을 구기며 첨부된 링크를 열었다.

「[Sport 1] 벨미르의 부모라고 자처한 자들!」

갑작스러운 일이.

그들의 휴가를 흔들었다.

*   *   *

벨미르는 고아다.

딱히 녀석도 숨기는 사실은 아니다.

다만 고아원에서의 생활을 언급하길 꺼려하는 걸 보면, 그리 좋은 유년기는 아니었을 것이다.

그럼에도 녀석은 당당했다.

고아인데 뭐.

뭐 보태준 거 있냐?

오히려 밑바닥에서 여기까지 올라온 자신의 모습에 자랑스러워하는 모습마저 보일 정도였다.

그랬던 벨미르에게 생전 처음 보는 사람들이 부모라며 나타난 건 무슨 기분일까.

아직 런던을 떠나지 않은 원지석은 스태프들과 보드진에게 물어보며 무슨 일인지를 확인했다.

"이게 대체 무슨 일입니까?"

ㅡ뭐, 너무 유명해진 게 독이 된 거지. 본인에겐 아이러니하겠지만.

구단에 남은 케빈은 보다 정확하게 상황을 파악하고 있었다. 그는 자신이 알고 있는 것들을 원지석에게 전했다.

사실 보스니아에서 벨미르의 인지도는 적은 편이었다. 오스트리아 리그에서 활약을 했다지만, 역시 빅리그라 하기엔 부족한 곳이었으니까.

하지만 분데스리가는.

챔피언스리그는 다르다.

특히 챔피언스리그는 유럽을 넘어 전 세계 축구팬들이 보는 매우 큰 대회였다.

그런 챔피언스리그에서의 활약으로 벨미르의 인지도 역시 매우 높아진 상황.

단순히 스타성만을 따진 게 아니다.

실제로 전반기 랑리스테에서 그는 수비형미드필더 부분으로

IK-5를 받기도 했다. 전반기 최고의 수비형미드필더 중 하나였다는 소리다.

물론 너무 과한 평가가 아니냐는 지적이 있지만, 반대로 명성을 고려하지 않는 키커지의 평가였기에 가능한 평가라는 반응도 있었다.

"그래서."

전화를 듣던 원지석이 안경을 벗고선 콧잔등을 꾹꾹 눌렀다.

"결국 유명해졌으니 부모라며 왔다는 겁니까?"

─그렇지. 이젠 보스니아에서도 알아주는 선수가 되었으니까.

"하지만 무슨 근거로?"

테이블에 턱을 괸 원지석이 얼굴을 구겼다. 이런 말을 하는 건 잔인하지만, 고아원에 버려진 아이는 한두 명이 아니다.

왜 그들의 아이라는 주장을 했을까. 나중에 친자확인 검사를 한다면 몰라도 그런 말을 하는 덴 이유가 있을 것이다.

─고아원의 이름, 그리고 당시 벨미르라는 이름을 메모해서 넣었다더군.

"참 속 편한 주장이네요."

원지석이 어이가 없다는 듯 한숨을 쉬었다. 솔직히 말해 이 상황이 전혀 이해가 가지 않았다.

기사에는 눈물을 흘린 부부라는 표현이 있었다. 눈물이라. 과연 어떤 눈물일까.

그들의 말이 거짓이라는 게 차라리 나은 상황이다. 진짜 부모라면 너무나 끔찍한 상황이니까.

구단에서 알아본 결과 그들은 작년까지 아이를 찾는 노력을 전혀 하지 않았다. 즉, 벨미르가 유명인이 되자 갑자기 눈물을 짜낸 것이다.

만약 그들이 진짜 부모라 해도.

부모 이전에 사람으로서의 문제였다.

"후우."

한숨을 쉰 원지석이 의자에 등을 기댔다.

진짜 문제는 따로 있었다.

바로 이 사건의 당사자 녀석이.

"녀석은 어때요?"

─당연하다면 당연하겠지만… 매우 충격을 받은 거 같아.

문제는 벨미르의 멘탈이었다.

역시 그 강철 같은 녀석도 이번엔 크게 흔들린 모양이었다.

─그나마 친한 자비처와 브레노가 만나러 가봤지만, 평소랑 다른 게 보인다더군.

브레노의 말로는 신경이 꽤나 예민해졌다고 한다. 그들이 왜 자신에게 접근했는지 눈치를 챈 듯싶었다.

그저 유명세, 돈 따위의 욕망에 홀려서 나타난 그들에게선 추악한 냄새가 났다. 코를 막지 않으면 버티지 못할 그런 냄새가.

"일단 혼자서 생각을 정리할 시간을 주죠."

―그러는 게 낫겠군.

섣불리 밀어붙여 봤자 괜한 자극을 주는 꼴이다. 모두 진정할 시간이 필요했다.

―런던에는 언제까지 있을 거냐?

"오래 있진 않을 거예요."

―그럼 구단에서 다시 만나는 걸로 하지. 그 전에 무슨 일이 있으면 연락하고.

그렇게 전화를 끊은 원지석이 기운 없는 몸짓으로 안경을 썼다.

몸을 일으켜 다시 거실로 돌아오니 이야기를 나누던 녀석들이 멈칫하며 고개를 돌렸다.

"뭐야, 무슨 일입니까?"

제임스의 물음에 원지석이 어깨를 으쓱였다. 그러고는 그 품에 안긴 엠마를 보았다. 아이는 아버지의 품에서 새근새근 잠을 자고 있었다.

"피곤했나 봐요."

옆에 있던 제시가 그런 아이의 뺨을 쓰다듬으며 웃었다. 사랑을 받고 있다는 느낌이 가득했다.

방금 그런 전화를 하고 와서 그런지, 금전적인 여부를 차치하더라도 둘은 좋은 부모가 될 거 같았다.

시간이 지나고.

먼저 떠난 사람은 제임스와 제시였다. 곧 킴과 라이언도 떠날 준비를 하며 문밖으로 나올 때였다.

"꽤 심각해 보이는데, 이거 때문이죠?"

킴이 스마트폰을 흔들었다. 벨미르의 관한 기사였는데, 이미 잉글랜드 기자들도 냄새를 맡은 모양이었다.

"뭐, 그렇지."

"짜증 나겠네요. 이런 건 어떻게 끝나도 논란이 생길 일이라."

그 말에 원지석이 입을 다물었다.

언론을 통해 알려진 이야기는 아니지만.

킴 역시 이번 일과 비슷한 경험을 겪은 적이 있다. 바로, 집을 버리고 떠났던 아버지가 돌아온 일이.

결론부터 말하자면 킴의 아버지는 본전도 찾지 못하고 쫓겨났다.

"조언을 하나 해주자면."

스마트폰을 주머니에 넣은 킴이 계속해서 입을 열었다.

"막상 만나게 되면 별생각이 안 나요. 어릴 때나 화가 났지, 그쯤 되면 남이니까."

물론 사람마다 다르겠지만.

피식 웃은 킴이 술에 떡이 된 라이언을 부축하며 떠났다.

"라이언은 취하지 않았다!"

"그래그래. 너 안 취했다."

"라이언은 더 마실 수 있다!"

"개소리는 말고."

자동차 뒷좌석에 짐짝처럼 라이언을 욱여넣은 킴이 안전벨

트를 포승줄처럼 묶었다.

"그럼."

"조심히 들어가라."

이윽고 시동이 걸린 자동차가 부드럽게 도로 위를 달렸다. 킴이야 운전을 한다고 술을 마시지 않았지만, 술 취한 골리앗이 무슨 주사를 부릴지 몰랐으니.

다시 돌아왔을 땐 술에 취해 뻗어버린 앤디와 뒷정리를 하는 캐서린의 모습이 보였다.

"제가 할게요."

"아니요. 요리는 원이 했으니 이건 제 몫이에요."

"그럼 도와줄게요."

그 말에 캐서린이 싱긋 웃었다.

밤이 깊었다.

＊   ＊   ＊

라이프치히에 돌아온 것은 원지석 혼자였다.

이번 일은 짧게 끝날 수도, 아니면 긴 문제가 될 수도 있다. 그렇기에 캐서린을 런던에 남겨두었고.

그는 브레노와 자비처에게서 벨미르에 대한 근황을 들었다. 최근엔 조금이나마 진정이 된 모양이었다.

삐이익.

홀로 남은 집에서 차를 마시던 원지석은 귓가를 자극하는 초인종 소리에 고개를 돌렸다.

"왔나."

인터폰 화면을 확인한 그가 몸을 일으켰다.

현관문을 열어주니 들어온 손님은 셋.

자비처, 브레노, 그리고 벨미르였다.

무덤덤한 자비처, 자기가 껴도 되는지 고개를 갸웃거리는 브레노, 그리고 불만이 가득한 벨미르가 순서대로 들어왔다.

"왜 사람을 여기까지."

거의 강제적인 초대에 벨미르가 투덜거렸다. 그러면서 코를 자극하는 익숙한 냄새에 눈을 끔뻑였다.

'이 냄새는?'

어리둥절하면서도 냄새를 쫓아 걸음을 옮긴 그가 눈을 크게 떴다. 식탁 위에 차려진 음식들이 그의 혼을 빼놓았다.

"이건!"

"체바피야. 좋아하지?"

체바피는 보스니아에서 즐겨 먹는 전통 음식으로, 껍질을 벗긴 소시지를 떠올리면 상상하기 쉬웠다.

그 말처럼 벨미르는 체바피를 꽤 좋아했다. 오스트리아에 있을 땐 전문점을 직접 찾아갔을 정도로.

라이프치히엔 그런 가게가 없어서 아쉬움을 삼켰기에 정말 놀라는 중이기도 했다.

"와!"

뒤에 있던 브레노가 감탄을 터뜨렸다. 체바피뿐만 아니라 브라질의 전통 음식들 역시 보였기 때문이다.

긴말은 필요하지 않았다.

자리에 앉은 셋은 무섭게 음식을 해치우며 빠르게 접시를 비워갔다.

자비처는 처음 접하는 음식들을 맛보고는 괜찮다며 고개를 끄덕였다. 다른 녀석들은 이렇게 먹는 거라고 방법을 알려주었고.

슬슬 식사도 끝나갈 때.

배불리 먹은 벨미르가 불쑥 물었다.

"그런데 왜 이런 음식들을?"

"어때, 속은 좀 풀렸냐."

그 말에 벨미르가 괜히 머리를 긁적였다.

우습게도 날카롭던 신경은 그리운 고향 음식을 먹으며 나아진 상황이었다.

"부모는 몰라도 너는 보스니아인이잖아. 너를 낳은 사람이 누구면 어떠냐. 지금까지 살아온 벨미르라는 인간이 바뀌는 것도 아니고."

벨미르는 대답하지 않았다.

다만 한 귀로 듣고 한 귀로 흘린 것도 아니었다.

신기한 일이었다. 대충 넘기려 해도 목에 걸린 가시처럼 가슴속을 찌르던 일이 부드럽게 내려앉은 이 느낌.

고향에서 즐겨 먹던 음식은 그러한 말을 공감할 수 있도록 도와주었다.

"하여간 오지랖은."

혀를 찬 벨미르가 고개를 돌렸다.

그러면서 슬쩍 브레노를 보았다.

자신이야 그런 일이 있어서 이런 음식을 차려줬다지만, 이 녀석은 왜?

"브레노는 어땠어. 입에 맞았니?"

"아, 네! 맛있었어요!"

그 말에 원지석이 미소를 지었다.

브레노를 함께 초대한 건 원지석이 첼시의 유소년 감독 시절 때 배운 경험이었다.

당시 유소년 팀에는 고향을 떠나 유럽에 처음 온 선수들이 많았다.

그중에도 남미 선수들 중에는 애향심이 강한 선수가 많아 종종 향수병을 앓았는데, 고향의 음식은 그들의 그리움을 어느 정도 달래주는 데 효과적이었다.

브레노 역시 고향인 브라질을 떠난 건 이번이 처음이다.

얼굴은 험상궂고 손버릇은 고약하지만, 그라운드 밖에선 그냥 꼬마일 뿐이다. 선수를 케어해 주는 건 감독의 일이었고.

전혀 상관없어 보이는 자비처야 뭐… 둘과 친한 데다 셋 중에선 유일하게 자동차를 가지고 있는 남자였다.

"생각은 정리됐냐."

식사가 끝난 뒤.

자비처와 브레노가 먼저 차를 타러 간 사이 벨미르는 아직

문 앞에서 어물쩍거리는 중이었다.

"덕분에. 깨닫고 보면 크게 고민할 일도 아니었으니까."

벨미르가 쓰게 웃었다.

그렇다.

크게 고민할 일도 아니었다.

"음식, 좋았어."

그 말을 마지막으로 벨미르가 자비처의 차를 향해 뛰었다. 떠나는 그 모습을 보며 원지석이 어깨를 으쓱였다.

"꼬맹이들."

*　　　　*　　　　*

「[키커] 벨미르의 입장 발표!」

「[빌트] SNS에서 터진 폭탄 발언!」

벨미르는 SNS를 통해 시끄러웠던 본인의 이야기를 직접 끝맺었다.

게시된 영상은 잘 찍히고 있는지 화면을 확인하는 것부터 시작되었다. 이윽고 헛기침과 함께 녀석이 말했다.

―뭐 누군가는 감동적인 재회를 바랐을 거고, 누군가는 확실한 친자확인 결과를 기다렸을 겁니다. 그런 사람들에게 말합니다.

뜸을 들인 녀석이 불쑥 손을 내밀었다.

내밀어진 건 중지였다.

손가락 욕과 함께 벨미르가 으르렁거렸다.

ㅡ좆 까.

이걸 보는 사람들은 무슨 표정을 짓고 있을까. 확실히 언론이나 구단의 공식 홈페이지를 통해서는 엄두도 내지 못할 짓이었다.

하지만 그렇기에 자신의 생각을 가감 없이 전하는 게 가능했다. 부모라며 나타난 새끼들이나, 아무것도 모르면서 떠드는 놈들이나.

ㅡ나는 벨미르 노바코비치다. 그들이 버린 벨미르가 아니라 혼자서 이 땅에 우뚝 선 벨미르!

그는 그들의 자식이 아니다.

동시에 그들은 그의 부모가 아니다.

ㅡ나의 가족은.

거기까지 말한 벨미르가 잠시 말을 멈칫했다. 그러더니 이윽고 마음을 정한 듯 계속해서 말을 이었다.

　─나의 가족은 코치들과, 선수들과, 팬들뿐. 다른 놈들은 비비면 돼져.

　그걸로 끝.
　명쾌하고, 거칠고, 파격적인 입장 정리는 사람들에게 똑똑히 전해졌다.
　진짜 친부모인 건 상관없다.
　솔직히 말해 알고 싶지도 않았다.
　그들은 그들의 인생을 계속해서 살면 될 뿐.
　벨미르 역시 본인의 길을 멈추지 않을 것이다.

＊　　　　＊　　　　＊

　벨미르가 올린 영상은 엄청난 논란이 되었다.
　언론이나 구단의 공식 홈페이지가 아닌 개인의 SNS에 올린 만큼 수위의 조절이 없었으며, 직설적인 말에 사람들의 반응이 엇갈렸다.

　─아무리 그래도 부모님인데 저렇게까지 말해야 되나?
　─정확히는 부모일지도 모를 사람들이지.
　─진짜 부모라도 낳기만 하면 부모냐? 심지어 버리기까지 했

.는데?

아무리 그래도 너무 심했다는 반응과, 오히려 속 시원하다는 반응이 얽히며 논쟁이 끊이지 않았다.

심지어 부모라 주장한 자들이 법적 소송을 준비한다며 논란이 더욱 커질 때였다.

「[오피셜] 벨미르 노바코비치, 주급 징계」

라이프치히는 구단 자체적으로 징계를 내리며 1주 주급 정지라는 내용을 발표했다.

사적인 SNS라고 해도 많은 사람들이 볼 수 있는 공간이었기에 구단은 구단 나름대로의 입장을 내린 모양이었다.

벨미르는 별말 없이 고개를 끄덕였다. 각오한 일이고, 이번 징계가 자신을 위한 일이란 걸 알기 때문이다.

「[빌트] 일단은 마무리된 벨미르 사가」

만약 이러한 징계가 없다면 논란은 계속해서 그 덩치를 키워 갔을 것이다. 그러기 전에 끝맺음을 지어야 했다.

「[키커] 사람들에게 자신을 각인시킨 벨미르」

이번 일로 인해 벨미르에 대한 성격이라 해야 할지, 캐릭터성은 사람들에게 확실히 각인이 되었다.

더군다나 독일만이 아닌 해외에서도 꽤나 알려진 사건이기에 반응은 뜨거웠다.

분데스리가를 보는 사람들이야 모를 수가 없지만 해외 축구 팬들은 다르다. 이제는 벨미르가 어떤 선수인지는 몰라도, 어떤 녀석인지는 알 사람이 있을 정도였다.

"벨미르의 일이고, 벨미르의 선택이기에 제가 할 말은 없습니다. 하지만 저는 녀석을 욕할 생각이 없어요."

원지석은 인터뷰를 통해 감독의 입장을 전했다. 징계와는 별개로 계속 욕을 먹게 둘 수는 없었다.

다만 랄프 랑닉은 이번 일을 오히려 좋아하는 눈치였다. 이걸 계기로 구단과 벨미르와의 관계가 좋아졌기 때문이다.

단장으로서 팀의 핵심 선수 중 하나와 관계가 좋아진다는 건 굉장히 좋은 소식이었다.

「[오피셜] 유수프 폴센, 라이프치히를 떠나다」

한편 폴센의 이적이 마침내 발표되었다.

슬슬 겨울 이적 시장이 다가오며 최종적인 선택지를 정한 모양이었다. 시즌 중에 열리는 이적 시장인 만큼 빠르게 적응해야 될 테니까.

새로운 팀은 분데스리가가 아닌 프랑스 리그이며, 팬들은 떠나는 그를 아쉬워하면서도 앞으로의 행운을 빌어주었다.

해가 지나며 2020년이 다가왔다.

동시에 새해를 알리는 겨울 이적 시장이 열렸다.

선수들이 겨울 휴식을 즐기는 동안 구단들은 정신없이 바쁜 시기이기도 했다.

「[키커] 이번에도 조용한 겨울을 보낼 라이프치히?」

원지석은 겨울 이적 시장에서 선수를 사는 걸 회의적으로 보는 사람 중 하나였다.

적당한 매물이 없는 데다 더 비싸고, 언제 적응할지도 모르기 때문이다. 최악의 경우엔 실패한 영입이 되어 돈만 낭비할지 몰랐다.

물론 모든 경우가 그렇진 않다.

다만 그럴 가능성이 적지 않은 만큼 원지석은 랄프 랑닉에게 자신의 뜻을 전했다.

"차라리 여름에 제대로 된 매물을 노리는 쪽이 더 낫겠네요."

―그러는 걸로 하죠. 다만 유소년들은 제외입니다.

"네, 상관없어요."

유소년과 관련된 영입은 랄프 랑닉의 영역이었기에 원지석이 고개를 끄덕였다.

만약 라이프치히의 상황이 좋지 못했다면 새로운 영입의 필요성을 느꼈겠지만, 현재 팀의 컨디션은 나쁜 편이 아니다.

이는 원지석의 선수단 관리가 컸다. 그는 이번 시즌에도 적지 않은 로테이션을 돌리며 모든 선수들의 컨디션을 유지하기 위해 애썼다.

시즌은 길다.

분데스리가 일정이 여유로운 편이라고 해도 챔피언스리그가 있다.

주전만을 고집하다간 선수들에게 체력 부담이 가는 건 물론, 주전이 아닌 선수들의 컨디션이 망가질 경우 돌이킬 수 없는 일이 벌어진다.

어찌 되었든 이제는 휴식을 즐길 때였다.

원지석은 휴가를 위해 여행을 떠났다.

이번에도 사람의 눈이 적은 사유지를 빌렸으며, 바닷속에서 기분 좋게 웃는 캐서린의 모습이 보였다.

몸을 아슬아슬하게 가리는 흰색 비키니와는 대조적으로 목을 감은 검은색의 초크가 꽤나 도발적이었다.

아름다운 그녀를 멍하니 보던 원지석이 안도의 한숨을 내쉬었다. 최근 캐서린의 컨디션이 그다지 좋지 않았기 때문이다.

혹시 몰라 병원에 가자고 해도 그녀는 고개를 갸웃거리며 거부할 뿐이었다.

수영을 즐기고 먼저 선 베드에 몸을 뉘운 원지석이 스마트폰을 확인했다.

별다른 일은 없었는지 구단이나 선수들에게서 온 연락은 없었다. 그렇게 뉴스들을 확인하던 원지석의 눈이 이채를 띠었다.

「[메트로] 앤디의 연인은 세계적인 모델?!」

"허어."

기사 제목을 본 원지석이 피식 웃음을 터뜨렸다. 진짜인지는 모르겠지만 재미있는 기사였다.

확실히 사람들의 관심을 끄는 데엔 귀신같은 사람들이었다. 잠시 턱을 긁적이던 그가 결국 기사를 눌렀다.

처음부터 눈길을 사로잡는 사진이 떴다.

앤디와 대화를 나누는 여성의 모습이 찍힌 사진이.

'이 둘인가.'

앤디는 평소와 다르게 꽤 차려입은 편이었다. 부모님이나 누나의 영향인지 옷을 입는 센스가 나쁘진 않았다.

옆에 있던 여성의 옷은 노출이 심했다. 세계적인 모델이라더니 확실히 본인의 매력을 잘 알고, 그것을 마음껏 드러냈다는 생각이 들었다.

기사 내용은 역시나 추측이 난무했다. 애초에 그들이 찍은 사진이 아니었기에 당연한 걸지도 몰랐다.

하지만 앤디를 아는 원지석은 오히려 고개를 갸웃거렸다.

'진짜인가?'

녀석이 이렇게 꾸민 모습을 보는 건 드물었다. 거기다 둔감

하기까지 해서 데이트 약속에 트레이닝복을 입고 나간 일도 있었으니.

항상 훈련장에서 공만 차던 녀석이 이런 옷을 입으니 그마저도 긴가민가한 중이었다.

"뭘 보고 있는 거예요?"

그때 뒤에서 들려온 스산한 목소리에 원지석의 어깨가 흠칫 떨렸다.

기사 아래쪽에는 모델이 소개되어 있었는데, 하필이면 속옷 화보나 비키니 사진들뿐인 상황에 캐서린이 온 것이다.

"아니, 그게."

"데이트?"

다행히 그녀의 관심은 동생의 연애 소식으로 쏠렸다. 내심 안도의 한숨을 쉰 원지석이 스크롤을 올려 그녀에게 기사를 보여주었다.

"흐음, 아마 아닐 거예요."

"정말요?"

고개를 끄덕인 캐서린이 원지석의 목덜미를 뒤에서 끌어안았다. 축축하지만 기분 좋은 부드러움이 느껴졌다.

"앤디의 팬이라며 누가 초대한 파티인데, 아마 파티니까 저렇게 차려입었을걸요?"

"그럴 수도 있겠네요."

스마트폰의 화면을 끈 원지석이 다시 테이블 위에 올려두었다. 무사히 넘어가서 다행이다.

그런 생각을 할 때 캐서린이 그의 귀를 깨물며 속삭였다.

"방금 옷, 기억해 뒀어요."

나중에 입어줄 테니까.

고개를 돌리지 않아도 짓궂게 웃고 있을 그녀를 생각하며 원지석이 쓰게 웃었다.

*   *   *

라이프치히와 달리 유럽의 이적 시장은 매우 빠르게 돌아가고 있었다.

시즌 중의 이적이라는 특성 때문에 더 높은 가격을 받는 것도 있지만, 그럼에도 천억을 호가하는 선수들을 보면 꽤나 바뀐 분위기가 느껴졌다.

네이마르와 음바페의 이적 뒤로 유럽 축구계의 이적 시장은 바뀌었다.

계속해서 과열되는 양상에 비판이 따랐어도 그들을 멈추진 못한다. 결국 이번에는 또 어떤 영입 소식이 들릴까 사람들은 눈과 귀를 열었다.

「[BBC] 제임스를 노리는 레알 마드리드!」

「[스카이스포츠] 앤디를 노리는 바르셀로나!」

이제는 연례행사 같은 소식들도 계속해서 뉴스 목록을 채왔다.

레알 마드리드 같은 경우는 팀을 이끌던 BBC 라인이 해체된 지 오래였다.

벤제마와 베일은 팀을 떠났고, 유일하게 남은 호날두마저 나이로 인한 기량 하락 때문에 주전 자리를 잃었다.

이로 인해 호날두의 이적설은 끊임없이 흘러나왔다. 중국 리그에서의 엄청난 연봉 제의도 심상찮게 들렸고.

이렇듯 팀을 이끌 공격수의 부재로 레알 마드리드는 제임스에게 오랫동안 러브 콜을 보냈다.

현재 제임스는 유럽 최고의 공격수 중 하나라 해도 과언이 아니다. 그들은 제임스를 중심으로 새로운 갈락티코를 편성할 계획을 세웠다.

라이벌인 바르셀로나도 비슷한 상황이었다.

팀의 황금기를 이끈 이니에스타가 은퇴를 준비하는 요즘, 바르셀로나 역시 앤디에게 꾸준히 러브 콜을 보내고 있기 때문이다.

이렇듯 최고였던 선수도 언젠가는 그 자리에서 내려오게 마련.

그 빈자리를 누군가가 새롭게 올라갈 것이고, 두 팀은 그럴 가능성이 높은 선수들에게 끈질긴 신호를 보냈다.

물론 첼시로서는 굉장히 뜬금없는 상황.

그들은 자기 선수들을 영입하겠다고 벌어진 엘 클라시코를 보며 어이가 없다는 반응을 보였다.

「[빌트] 원지석에게 다가가는 중국 리그!」

해외 리그 팀들의 실랑이를 보며 라이프치히 팬들이 팝콘을 씹을 때였다. 팝콘을 검게 태우는 벼락같은 낭보에 그들의 커뮤니티는 혼란스럽게 변했다.

—뭐? 중국? 왜!
—미쳤다고 가겠어?
—키커가 아니면 안 믿는다.

헛발질을 하는 경우가 적지 않은 빌트였기에 무시하는 사람도 적지 않았다.
하지만 이어진 소식은 그런 사람마저 불안에 떨게 만들었다.

「[키커] 원지석에 대한 관심은 사실이다」
「[빌트 독점] 원지석에게 제의된 연봉은 4억 유로?!」

4억 유로.
한화로 약 5,000억에 가까운 돈.
거기다 빌트만이 아니라 키커마저 그 관심을 컨펌했기에 팬들은 난리가 났다.
이는 아시아에서 원지석이 가진 인기와 위상이 만들어낸 금

액이었다.

유럽 축구계에서 인정받는 선수는 꽤 있지만, 감독으로서는 전무하다. 그런 만큼 원지석이란 존재는 신기하면서도 새로운 꿈을 꾸게 만드는 개척자였다.

거기다 중국의 주석이 원지석의 팬이라는 소식마저 전해지며 이적설은 계속해서 힘을 얻었다.

─원은 대체 어디 있는 거야?!

팬들이 원지석의 이름을 부르짖는 동안.

원지석은 막 공항에 도착했다.

"여기도 오랜만이네요."

캐리어를 세우고 주위를 두리번거리던 캐서린이 싱긋 웃었다. 이제는 무슨 뜻인지 알아볼 수 있는 간판들이 그녀의 눈을 채웠다.

지금 그들이 있는 곳은.

다름 아닌 원지석의 고향인 한국이었다.

얼마 남지 않은 휴가를 이용해 한국에 오게 된 것은 순전히 캐서린의 의견이었다.

"한국에 가고 싶어요."

"한국이요? 갑자기?"

처음엔 이해가 가지 않는다는 듯 고개를 갸웃거린 원지석이
었지만, 이어지는 설득에 결국 비행기 표를 끊었다.

한산한 새벽이었기에 사람들의 모습은 많지 않았다. 누군가
는 원지석을 알아본 듯했지만 멀리서 사진을 찍는 데 그쳤다.

"가요."

"네!"

예약한 호텔에 도착한 원지석이 짐을 풀었다. 한국에 올 때
마다 머무는 곳으로, 좋은 호텔이었다. 직원들의 입도 무거워
사람들이 몰릴 일도 없고.

"그런데 뭘 할 생각이에요?"

원지석이 짐을 풀고 있는 캐서린을 보았다.

한국에 오래 있을 계획은 아니지만, 그동안의 일정은 전적으
로 그녀가 짰다.

"일단 나갈까요?"

그렇게 말한 그녀가 입꼬리를 늘렸다. 어쩐지 기분이 좋아
보였다. 선물 상자를 감추는 아이처럼.

호텔 밖에서 대기 중인 택시에 올라탄 그녀는 무언가가 적힌
종이를 기사에게 전했다.

"알겠습니다."

택시가 도로 위를 달렸다.

운전대를 잡은 기사는 어딘가 낯이 익은 얼굴인지 백미러로
뒤를 힐끔힐끔 보았다.

"혹시 유명인이신가요?"

"네? 아뇨. 처음 듣는 소리네요."

그 대답에 택시 기사가 TV에 나오는 사람을 닮았다며 웃었다. 옆에 있던 캐서린이 대화를 알아들었는지 입가를 가리며 원지석의 손을 잡았다.

그렇게 목적지에 도착한 택시가 멈췄다.

중간부터 눈에 익은 풍경에 고개를 갸웃거리던 원지석은 이윽고 눈을 크게 떴다. 모르고 싶어도 모를 수가 없었다.

「수목장」

왜냐하면.

이곳은 그의 아버지가 잠든 곳이었기 때문이다.

"캐서린? 왜 이곳에?"

원지석이 조금 당황스럽다는 어조로 물었다. 딱히 지금 올 이유가 없다. 아버지의 기일은 여름이었으니까.

"오기 전에 말했죠? 할 말이 있다고."

그녀의 물음에 그가 고개를 끄덕였다.

맞다. 그 말 때문에 표를 끊은 게 아닌가.

하지만 수목장에서 해야 될 말이 무엇인지는 전혀 상상이 가지 않았다.

"이건 꼭 우리 둘이 이곳을 찾아왔어야 했거든요. 아니, 이제는 셋이지만."

"셋?"

처음엔 무슨 말인지 이해를 하지 못했지만, 이내 자신의 배를 쓰다듬는 그녀를 보며 원지석의 눈이 크게 떠졌다.

"캐서린, 설마?"

"네."

떨리는 물음에 캐서린이 고개를 끄덕였다.

"축하해요, 아빠?"

그 말과 동시에 원지석이 그녀를 꽉 끌어안았다.

＊　　　　＊　　　　＊

원지석과 캐서린은 아버지의 이름이 걸린 소나무 앞에 도착했다.

「원석현」

명패에 적힌 이름을 보며 캐서린이 남편의 손을 잡았다. 그러고는 그의 어깨에 머리를 기댔다.

그녀는 원석현이란 사람이 어떤 사람인지를 모른다. 다만 남편이 어릴 적의 이야기를 해줄 때마다 짓던 미소를 생각하면, 나쁜 아버지는 아닐 것이다.

'불쌍한 사람.'

캐서린이 슬쩍 고개를 들었다.

그는 멍하니 나무를 보는 중이었다.

그런 사람일수록 혼자 남겨질 때의 고통은 더욱 컸을 터였다.

"춥죠? 먼저 들어갈래요?"

원지석이 먼저 입을 열었다.

그게 마치 자리를 피해달라는 것 같아, 캐서린은 조용히 고개를 끄덕였다.

캐서린은 혼자 내려가는 대신 먼발치로 떨어지며 원지석의 뒷모습을 물끄러미 보았다. 그가 지금만 할 수 있는 말을 할 수 있도록.

"흐음."

나무에 걸린 명패가 바람에 살살 흔들렸다. 이제는 나무가 낡으며 색이 옅어졌음에도, 새겨진 이름은 여전히 뚜렷했다.

한국을 떠나기 전.

다른 아이들이 고등학교 입학식을 갈 때, 그는 이곳에서 아버지를 만났다.

그때는 다시 돌아오지 못할 거란 각오도 했었다. 사실상 마지막 인사를 하기 위해 간 거였으니까.

그리고 많은 일이 있었다.

시간이 지나고.

아이는 한 아이의 아버지가 되었다.

"아직 실감이 나지 않아."

머쓱하게 볼을 긁적인 원지석이 중얼거렸다. 방금 안 사실이지만, 이제 그는 한 생명을 책임지게 되었다. 기쁘지만 동시에 실감이 나질 않는다.

'아버지란 뭐지?'

좋은 아버지란 뭘까.

원지석은 자연스레 어린 시절을 떠올렸다.

아버지인 원석현이 살아 있었던 때를.

그때 그가 어린 아들을 위해 보여준 사랑, 그리고 묵묵히 감수한 희생은 시간이 지나도 잊히지 않았다.

"실감이 나지 않고, 자신도 없지만."

이상하게도 그게 두렵지는 않다.

만약 아이에게 무슨 일이 생겼을 때.

그때 당신이 보여준 행동들을 반이나마 따라할 수 있다면.

"…나에겐 최고의 아버지라는 소리였어."

다른 이에겐 못난 아들, 어리석은 사람일지 몰라도, 어린 아들에게 있어선 세상 누구보다 넓은 등을 가진 사람이었다.

"또 올게."

원지석이 등을 돌렸다.

선선한 바람을 느끼던 캐서린이 발소리에 감았던 눈을 떴다.

바다처럼 맑고 푸른 눈이 가늘게 접히며 웃음을 만들었다. 그걸 보며 원지석이 마주 웃었다.

"또 와요."

"네."

그때는 한 사람이 더 있을 것이다.

*　　　　*　　　　*

다음 날, 둘은 런던으로 떠났다.

요크 부부를 만나기 위해서였다.

캐서린이 어머니인 테일러 요크에게 먼저 말을 꺼냈고, 요크 부부는 당장 런던으로 돌아오라는 말을 남겼다.

사실은 그들이 한국에 오겠다는 걸 캐서린이 진정시킨 것에 가까웠다. 역시 딸의 임신 소식은 그들에게도 큰 뉴스인 모양이었다.

"캐시!"

어머니인 테일러 요크가 문이 열리는 소리에 서둘러 뛰어나오며 캐서린을 끌어안았다.

"엄마, 갑자기 이러면 뜬금없기만 하거든?"

"얘는!"

이렇게 그녀의 부모님은 딸아이의 임신을 축하해 주었다.

테일러는 아직 태어나지도 않은 손주를 위해 벌써부터 쇼핑 리스트를 짰고, 조용하던 알렉스는 옆에서 넌지시 자신의 의견을 더하며 참견했다.

저녁 식사가 끝나고 슬슬 현실적인 이야기가 오갔다.

앞으로 사는 곳이나 음식, 혹은 일은 언제 쉴 건지를 물었다. 우선 요크 부부는 캐서린이 런던에 남길 바랐다.

라이프치히는 작은 도시에 가까웠다. 혹시 모를 상황에 대처하기 위해서라도 런던이 낫지 않겠냐는 거였다.

"아니, 지금으로선 떠나고 싶지 않아."

그럼에도 캐서린은 원지석과 팔을 얽으며 고개를 저었다. 남편이 있는 라이프치히에 남겠다는 소리.

결국, 요크 부부가 가끔 라이프치히에 찾아오는 걸로 타협하며 거주지는 일단락되었다.

하고 있는 일에 대해선 당장 쉴 필요는 없으니 급한 것들만 끝낸다고 했다. 그 일을 처리할 때까지는 런던에 남는다는 말에 요크 부부가 고개를 끄덕였다.

"그럼 먼저 가볼게요."

"네, 도착하면 전화해요."

캐서린이 원지석의 얼굴 뒤로 손을 감으며 입을 맞추었다.

홀로 라이프치히로 떠날 준비를 하던 원지석은 주머니에서 느껴지는 진동에 스마트폰을 꺼냈다.

─런던에서의 볼일은 잘 끝내셨나요?

묘하게 늘어지면서도 색기가 넘치는 목소리.

에이전트인 한채희였다.

정말 귀신같은 타이밍이었다.

"예, 지금 라이프치히로 떠나려고요."

─혹시 기사는 봤나요?

"기사요? 혹시 중국 관련 기사들을 말하시는 겁니까?"

그 물음에 원지석이 고개를 갸웃거렸다.

중국 리그에서 자신을 원한다는 소식들을 보긴 했지만, 시큰둥하게 넘겼다. 왜냐하면 당사자인 그가 아무것도 들은 게 없기 때문이다.

―그 이야기를 묻는 게 맞아요.

"설마 농담이 아니라 진짜였습니까?"

원지석이 어이가 없다는 듯 얼굴을 구겼다. 말에도 당황을 숨기지 못한 기색이 역력했다.

빌트가 언급한 4억 유로는 솔직히 말해 뜬구름 잡는 소리로밖에 들리지 않았다.

―네, 액수도 언급된 것보다 더 크고요.

"거기서?"

이쯤 되니 숨이 턱 막힐 지경이다.

4억 유로보다 큰 액수라니, 상상이 가질 않았다.

―어쩌실래요?

권태로운 느낌이 가득한 질문이 다시 던져졌다.

사실 물어보나마나 뻔한 질문일 것이다. 그럼에도 굳이 확인을 하는 건, 혹시 모를 사람의 변덕 때문이겠지.

원지석은 그녀를 실망시키지 않았다.

대답은 그 자리에서 빠르고 단호하게 끝났다.

"됐습니다. 나중에 귀찮지 않게 좀 확실히 끝내주세요."

―물론이죠.

수화기 너머 그녀가 피식 웃는 느낌이 들었다. 그렇게 전화가 끝났다.

4억 유로든 40억 유로든 지금으로선 중요한 이야기가 아니다. 사실 지금 받는 돈도 충분히 많다고 생각하는 중이었으니까.

중요한 건 최고를 위해 도전할 수 있는 무대였다. 아직은 이 별들의 무대에서 내려오고 싶은 마음이 없었다.

그렇게 원지석은 라이프치히로 돌아갔다.

「[스카이스포츠] 첫 아이를 임신한 원지석 부부!」

후반기를 앞두고 컨디션을 점검하고자 가벼운 친선경기가 열리는 사이, 캐서린의 임신 소식이 사람들에게 전해졌다.

생각보다 많은 관심에 원지석이 놀랄 정도였다. 솔직히 말해 메시나 호날두 같은 슈퍼스타들이 아닌 이상, 이런 이야기는 화제가 되지 않는 편이었으니까. 그만큼 관심을 받고 있다는 방증일지도 몰랐다.

요크 부부와 앤디는 그들의 SNS에 소식을 올리며 새로운 가족을 환영했다.

「[키커] 중국의 관심을 뿌리친 라이프치히의 감독!」

라이프치히 팬들에겐 안도의 한숨이 나올 기사가 떴다. 어마어마한 액수와 함께 언급된 루머를 본인이 직접 나서서 끝낸 것이다.

"최고의 감독은 최고의 무대를 떠나지 않습니다."

원지석은 기자회견에서 그런 말을 하며 루머를 끝맺었다. 어찌 보면 오만하게 느껴지기까지 했지만, 팬들의 환호를 이끌어내기엔 충분했다.

분데스리가의 후반기가 시작되었다.

라이프치히는 리그에서의 상승세를 멈추지 않으며 컵 대회에서도 좋은 모습을 보였다.

「[키커] 라이프치히, 볼프스부르크를 대파!」
「[빌트] 오귀스탱의 멀티골! 볼프스부르크를 무너뜨리다!」

DFB-포칼 컵 16강.

상대는 포칼 컵의 강자인 볼프스부르크.

이번 시즌엔 중위권 싸움을 하는 팀이라 해도 마냥 우습게 볼 팀은 아니었다.

지난 시즌 DFB-포칼 컵에서 라이프치히를 꺾은 팀이 다름 아닌 그들이었으니까.

그럼에도 원지석은 유망주와 로테이션 멤버들로 스쿼드를 꾸렸다. 사실 폴센만 있었다면 지난 시즌과 크게 다를 게 없는 라인업이었다.

가장 큰 이유는 챔피언스리그가 얼마 남지 않았다는 거였다.

맞붙는 팀이 그리 쉬운 상대도 아니었고, DFB-포칼 컵이 중요하다 해도 챔피언스리그에 비할 바는 아니다.

팬들의 불안감을 안고 시작된 경기는 라이프치히의 압도적인 승리로 끝났다.

가장 눈에 띄었던 건 지난 시즌보다 더욱 성장한 유망주들이었다. 그중에서도 오귀스탱은 두 골을 넣으며 팀의 승리에 크게 일조했다.

「[빌트] 성장한 라이프치히의 새싹들!」
「[빌트] 원지석의 방식을 증명하는 유망주들!」

실제로 적지 않은 유망주들이 원지석의 지도를 받으며 로테이션과 백업 멤버로서 경험을 쌓았다.

이는 부족한 경기력으로 비판을 듣긴 했어도 쓸모없는 짓이 아니었다. 거기다 어떻게든 승리를 거두었으니 불만이 터지는 일은 없었다.

「[키커] 곧 다가올 지략가들의 대결!」

챔피언스리그 16강이 다가왔다.

상대는 압도적인 모습으로 조별 1위를 거둔 맨체스터 시티였다.

과르디올라가 감독으로 있으며, 이번 시즌 EPL을 사실상 지배하는 팀이 말이다.

그런 팀을 하필이면 16강에서 만났기에 조별 예선에서의 2위가 더욱 뼈아팠다.

양 팀의 감독들은 다양한 전술을 쓰는 걸로 유명세를 탔다.

특히 그 방향성이 다르다는 것도 사람들이 주목하는 점이었다.

원지석은 좀 더 안정적인 경기 운영을 위해 상대 팀에 따라 맞춤 전술을 짠다.

반대로 과르디올라는 좀 더 실험적인 편이다. 모두 승리를 노린다는 건 같았지만.

「[BBC] 상대 팀을 극찬한 과르디올라!」

「[BBC] 과르디올라, 다가올 경기를 기대한다」

"원은 라이프치히를 최고 레벨로 끌어올렸습니다. 우리는 그들을 바이에른과 같은 레벨로 보아야 하며, 좋은 결과를 거두기 위해 최선을 다할 겁니다."

한때 바이에른의 감독이었던 과르디올라였기에 그 말이 극찬이라는 걸 모를 사람은 없었다.

특히 라이프치히가 새롭게 발굴한 미드필더인 벨미르를 극찬하기도 했다. 최고의 유망주라면서.

"힘든 싸움이지만 자신 있어요."

원정 준비를 마친 과르디올라는 그 말을 끝으로 독일로 떠났다.

1차전은 라이프치히의 홈에서 열린다.

원지석의 부임 이후 RB아레나는 매우 높은 승률을 자랑하는 요새가 되었다. 이를 맨 시티가 어떻게 공략할지도 경기를 보는 관전 포인트가 될 터였다.

—오래 기다리셨습니다. 모두가 기다리던 챔피언스리그 16강, 그것도 맨체스터 시티와 라이프치히의 경기입니다.
　—저도 무척 기대가 되는 매치네요.

　그라운드의 정중앙에는 거대한 천이 흔들리는 중이었다. 챔피언스리그를 상징하는, 흰 바탕을 수놓은 검은색의 별들이 출렁였다.
　선발 라인업에 이름을 올린 선수들은 한곳에 모여 사진을 찍었다.
　"오랜만이군, 원."
　"오랜만이네요."
　악수를 나눈 두 감독이 잡담 몇 마디를 나누었다.
　서로 엄살을 부리기도, 농담을 하며 웃던 둘은 슬슬 시간이 되자 서로의 등을 두드려 주고는 등을 돌렸다.

　—양 팀의 선발 라인업입니다.

　먼저 홈팀인 라이프치히는 433의 포메이션을 꺼냈다.
　포백으로 할슈텐베르크, 우파메카노, 히메네스, 베르나르두가 자리를 잡았고.
　중원에는 세리, 벨미르, 뎀메가.
　최전방에는 포르스베리, 베르너, 자비처가 맨체스터 시티의 골문을 노렸다.

사실 벨미르가 주전으로 자리를 잡으며 구성된 4141 포메이션과 그다지 큰 차이는 없었다.

차이가 있다면 측면공격수들로 나온 포르스베리와 자비처의 위치일 것이다. 둘은 좀 더 적극적으로 공격에 가담할 터였다.

이에 맞서는 맨 시티는 포백으로 멘디, 라포르테, 오타멘디, 워커가 수비진을 구축했다.

중원에는 다비드 실바, 페르난지뉴, 데 브라이너가.

공격진에는 사네, 제수스, 스털링이 자리를 잡으며 433의 포메이션을 완성시켰다.

같은 433 포메이션들의 대결이어도 그 성향은 달랐다.

라이프치히의 중원은 수비적인 성격이 강한 뎀메와 벨미르가 나온 반면, 맨 시티는 공격형미드필더들을 중앙으로 내리며 파괴력과 중원 장악력을 끌어올렸다.

방향성이 다른 미드필더들의 대결.

그 결과는 이제 확인할 수 있을 터였다.

삐익!

경기가 시작되었다.

35 ROUND
궤도에 오르다

선축은 맨체스터 시티의 몫이었다.

맨 시티의 중원을 구성한 실바와 데 브라이너는 본래 공격형 미드필더 자리에서 명성을 떨치던 선수들이다.

그랬던 선수들이 과르디올라의 지휘를 받으며 더욱 아래로 내려갔다.

특히 경우에 따라선 수비형미드필더 자리까지 내려가 플레이 메이킹을 도와줬는데, 이는 맨 시티의 색채를 가장 뚜렷하게 나타내는 전술이었다.

─라이프치히의 거센 압박!

뎀메와 벨미르가 데 브라이너를 에워싸며 서서히 숨통을 조였다.

그들은 타이트한 압박보다는 조금 떨어져 공간을 막아내는 쪽을 택했다. 지금 데 브라이너를 압박하는 장면처럼.

드리블을 하지 못하도록 벨미르가 앞을 막았고, 뎀메와 세리는 패스 길을 차단한다.

결국 데 브라이너가 측면 끝으로 공을 넓게 보내며 압박에서 벗어났다.

—공을 받아내는 카일 워커! 그대로 들어갑니다!

맨 시티의 오른쪽 풀백인 워커가 측면을 따라 재빠르게 달렸다.

터치라인을 따라 달리면서도 슬슬 페널티에어리어를 향해 들어가려 할 때, 그 옆을 따라붙는 사람이 있었다. 라이프치히의 왼쪽 풀백인 할슈텐베르크였다.

—양 팀의 풀백들이 다시 한번 부딪칩니다!
—아, 결국 공을 놓친 워커! 할슈텐베르크의 좋은 수비였어요!

끈질긴 마크 끝에 공이 라인을 벗어나며 아웃되었다. 코너킥 깃발을 괜히 찬 워커가 고개를 저었다.

침을 뱉으면서도 눈길은 할슈텐베르크에게서 떨어지지 않았다. 오늘 워커의 플레이는 전부 저 녀석에게 막히고 있다 봐도 좋았다.

'이 정도였나?'

이번 경기를 대비하기 위해 지겹도록 본 분석 영상에는 할슈텐베르크의 자료 역시 있었다.

솔직히 말해 당시엔 쉽다는 생각을 했다. 나쁘진 않지만 그래도 최고의 클래스는 아니다, 라는 게 그때까지의 생각이었고.

하지만 막상 부딪쳐 본 할슈텐베르크는 달랐다.

─오늘 라이프치히는 전체적인 조직력만이 아니라 선수 개개인의 퍼포먼스도 훌륭하군요.

─저는 그중에서도 할슈텐베르크 선수를 칭찬하고 싶네요. 방금도 그렇지만 지금까진 정말 좋은 퍼포먼스입니다.

경기 전까지만 하더라도 맨 시티의 오른쪽 라인에 라이프치히가 고전할 거라는 예상과는 달리, 할슈텐베르크는 그들을 완벽히 틀어막고 있었다.

─최근 브레노에게 주전 자리를 위협받았던 게 자극이 된 게 아닐까 싶어요.

주전을 차지하겠다는 경쟁의식은 할슈텐베르크가 성장하는

데 중요한 원동력이 되었다. 이는 다른 선수들 역시 마찬가지다.

─높이 올라가 압박하는 벨미르! 페르난지뉴를 압박하는 벨미르! 기어코 공을 뺏어냅니다!
─빠르게 공격을 시도하는 라이프치히!

벨미르가 공을 뺏을 때부터 역습은 시작된다.
공을 몰고 달리던 녀석이 패스를 보냈고, 이걸 받은 세리는 빠르고 직접적인 원터치 패스를 찔렀다.
측면에서 침투하던 베르너가 그대로 슈팅을 때렸지만 살짝 뜨며 골문을 벗어났다. 라이프치히의 홈 팬들이 동시에 탄식을 터뜨렸다.

─베르너의 슈팅이 빗나갑니다!
─하지만 그 전까지 이어진 역습은 매우 빠르면서도 효율적이었습니다.

라이프치히의 교과서적인 역습.
그 중심에는 벨미르가 있다.
오늘 그는 한곳에 머무르지 않고 그라운드 이곳저곳을 누볐다.
가끔은 높이 올라가 맨 시티의 수비수들까지 압박하는 모습을 보였다. 최전방에서 압박하는 디펜시브 포워드 롤을 수행하는 게 아닐까 싶을 정도로 말이다.

과르디올라는 그가 자랑하던 중원이 매끄럽게 돌아가지 못하자 전술에 변화를 주었다.

페르난지뉴가 더욱 공격에 가담하는 대신, 데 브라이너를 더욱 아래로 내려가도록.

상대 팀의 중원이 미끼에 끌리듯 라인을 올린다면 그만큼 수비진과의 거리가 떨어질 터였다.

—이번에도 높이 올라가는 멘디와 워커! 아주 빨라요!
—데 브라이너와 실바가 내려가는 대신 양 풀백들이 높이 올라가는군요!

맨체스터 시티의 양 풀백은 공격적으로 뛰어난 모습을 보여주는 선수들인데, 특히 왼쪽 풀백인 멘디의 공격이 날카로웠다.

그런 멘디가 빠르게 달렸다.

이번 역습의 선봉이 된 멘디가 왼쪽 측면을 달리자 그 옆을 따라 달리는 선수가 있었다. 맨 시티의 측면공격수인 사네였다.

둘의 시선이 허공에서 얽혔다.

동시에 둘의 움직임이 엇갈렸다.

멘디가 중앙으로 파고든 반면 사네는 측면을 향해 빠졌다.

—멘디의 환상적인 패스가 수비 사이로 흐릅니다! 페널티에어

리어 안으로 돌파하는 사네!

—베르나르두가 따라가 보지만 살짝 늦어요!

깊게 침투한 사네가 오른쪽으로 빠지는 척을 하며, 다시 한 번 몸을 왼쪽으로 접었다.

뒤늦게 수비에 복귀한 베르나르두는 그 속임수에 넘어가고 말았다. 몸을 움찔하는 사이엔 이미 늦다.

베르나르두가 몸을 돌렸을 땐 사네는 이미 페널티박스를 앞두고 있었으니까.

이제 골문까지는 코앞.

더 수비를 제칠 것이냐, 아니면 패스할 것이냐.

여러 선택지 중 사네는 직접 골을 노리기로 마음먹었다.

—슈우웃!

쾅!

강하게 쏘아진 슈팅.

끝까지 시선을 떼지 않은 히메네스가 발을 높이 들며 몸을 던졌다. 다행히도 공은 종아리를 맞고 나가며 코너킥이 선언되었다.

—히메네스의 환상적인 선방! 방금은 한 골을 넣은 거나 다름없는 수비였습니다!

바닥에 쓰러진 히메네스에게 다른 동료들이 잘했다는 듯 어깨를 두드렸다. 빠르게 일어난 그가 곧바로 이어지는 코너킥을 준비했다.

"좀 더 측면으로 붙어!"

터치라인에 선 원지석이 라이프치히의 중원을 보며 소리를 질렀다.

위험했다. 방금은 자칫히면 골을 먹혔을 위험한 장면이었다.

원지석이 안도의 한숨을 내쉬는 것과 달리 과르디올라는 아쉬움에 두 손을 크게 들었다가 내렸다.

자신의 매끈한 머리를 화풀이하듯 벅벅 문지르는 그 모습을 보며 원지석이 안경을 고쳐 썼다.

'잘 훈련됐어.'

놀랄 일은 아니다. 지금 맨 시티의 선발 라인업은 원지석이 첼시에 있을 때부터 상대하던 선수들이니까.

그때보다 팀으로서, 개인으로서 성장하고도 남을 시간이었다.

"케빈!"

"알았어."

벤치에 있던 케빈이 터치라인으로 나왔다. 둘은 앞으로의 전술에 대해 간략히 상의했고, 고개를 끄덕인 원지석이 선수들에게 손짓하며 변화를 주었다.

과르디올라가 변화를 준 이상 그 역시 가만히 보고 있을 수는 없다.

"벨미르! 야!"

"뭐야?"

아까부터 쉬지 않고 뛰던 녀석이 눈가의 땀을 닦아내며 고개를 돌렸다.

손에 쥔 종이를 흔드는 원지석이 보였다. 주장인 오르반이 없을 경우 벨미르에게 새로운 지시를 내렸기에 녀석은 익숙하다는 듯 걸음을 옮겼다.

내용을 확인하던 벨미르에게 원지석이 무언가를 첨언하며 속삭였다.

"알았어."

구긴 종이를 입에 넣으며 우물거린 녀석이 그라운드로 돌아갔다.

변화는 바로 나타났다.

벨미르가 선수들에게 고래고래 소리를 지르며 바뀐 전술을 빠르게 적용한 것이다.

변화가 두드러진 곳은 중원이었다. 실바와 데 브라이너가 밑으로 빠질 경우 그들도 굳이 따라 올라가진 않았다.

대신 공격적인 맨 시티의 풀백들을 막기 위해 측면 수비를 도와주었고, 아닐 경우엔 다시 중앙으로 모였다.

―다비드 실바가 공을 줄 곳을 찾지만 마땅치 않군요.

―이런 장면에서 양 팀 중원의 성향이 다르다는 게 느껴지네요.

이번엔 포르스베리마저 내려오며 압박에 가담했다. 감탄이 나올 정도로 정리된 수비 라인. 하지만 그 라인에서 벗어나 미친개처럼 뛰는 녀석이 있었다.

─다시 한번 달려가는 벨미르!

뛰고 싶은 대로 뛰어라.
원지석은 벨미르에게 더욱 자유를 주었다.
"지치지도 않나!"
질린다는 듯 중얼거린 실바가 왼쪽 측면을 향해 길게 공을 보냈다.
멘디가 공을 받을 거라 생각하고 보낸 패스였지만, 정작 그 멘디는 땅볼 패스를 예상했는지 안쪽으로 뛰어오며 호흡이 어긋나고 말았다.
그리고 그 순간.
물 흐르듯 완벽한 역습이 펼쳐졌다.
시작은 베르나르두였다.
녀석은 공을 포기하지 않았다. 젖 먹던 힘까지 짜내며 뛰었고, 결국 라인 밖으로 나가려던 공을 슬라이딩태클로 멈춰 세웠다.

─서둘러 달려가는 사네와 멘디!

―하지만 베르나르두가 좀 더 빨리 일어났습니다!

패스미스로 인한 라인 아웃을 예상했던 맨 시티 선수들이 서둘러 뛰었지만, 그때는 이미 늦은 상황.

쾅!

베르나르두의 강렬한 롱패스가 하프라인을 넘었다.

방향을 예측한 벨미르가 공을 보며 뛰었다. 그러고는 높이 점프해 가슴으로 공을 받아내는 데 성공했다.

뒤에서 압박해 오는 맨 시티 선수들을 등졌던 녀석이 그대로 공을 밀었고, 이 패스를 받은 세리가 원터치로 환상적인 스루패스를 찔렀다.

측면으로 흘러간 패스와 함께.

수비 라인을 허물어 버린 것은 자비처였다.

―막힘없이 페널티에어리어까지 침투하는 자비처! 수비진들이 서둘러 복귀하지만 각도가 너무 좋아요!

결국 에데르손 골키퍼가 슈팅 각도를 좁히기 위해 앞으로 나왔다.

그 짧은 순간에도 여러 생각이 자비처의 머리를 흔들었다. 로빙슛으로 넘길까, 아니면 강하게 때릴까.

―자비처어어어!

답은 둘 다 아니었다.

자비처가 공을 바깥 발로 밀어내며 빠르게 스텝을 밟았다.

골키퍼를 벗어나는 데엔 그것만으로 충분했다. 슈팅을 예상하며 몸을 던진 에데르손이 뒤늦게 땅을 기며 쫓아왔지만, 이미 공은 유유히 골라인을 넘어선 뒤였다.

─고오오오올!! 골! 자비처의 환상적인 골!

─골키퍼마저 제치고 아주 쉽게 골을 성공시키는 자비처! 라이프치히의 기분 좋은 선제골의 주인공은 자비처입니다!

와아아!

숨을 죽이며 지켜보던 홈 팬들이 동시에 엄청난 환호성을 터뜨렸다.

골을 넣은 자비처가 왼쪽 가슴의 엠블럼을 입에 물며 달려갔다. 그리고 팬들의 앞에서 무릎을 미끄러뜨리는 셀레브레이션을 하자 환호는 더욱 커졌다.

"좋았어!"

아랫입술을 깨물던 원지석이 골이 들어가는 것과 함께 팔을 높이 들었다.

이번 경기에서 제일 중요한 건 선제골이었다. 언제, 누가 먼저 골을 넣느냐에 따라 이후 분위기는 달라질 수밖에 없다.

"좋아하기엔 너무 이른 시간이군!"

그 모습을 지켜보던 과르디올라가 소리쳤다.

아직 시간이 많이 남은 만큼 얼마든지 뒤바뀔 수 있다는 말에 원지석이 어깨를 으쓱였다.

"두고 보면 알겠죠."

그래. 두고 보면 알 것이다.

그 말처럼.

한 골이 들어가며 경기에도 작은 변화가 생겼다.

맨체스터 시티는 뒤로 뺐던 실바와 데 브라이너를 다시 공격에 가담시켰다. 이번엔 풀백과 함께 라인을 높이 올리며 말이다.

"다 준비해!"

페널티에어리어 앞에서 자리를 잡은 벨미르가 소리를 질렀다. 모든 동료들이 듣도록.

'잘 들어. 만약 골이 들어간다면 그때부터 시작이야.'

터치라인에서 종이와 함께 속삭이던 원지석의 말. 골과 동시에 바로 다음 골을 노리라던 그 말을 기억한다.

'조금만 더.'

벨미르의 눈이 빠르게 좌우를 훑었다.

멘디와 워커는 이미 페널티에어리어 근처까지 다가온 상황. 하지만 준비 조건은 그것만이 아니다.

하프라인 근처에서 서성이는 페르난지뉴와 데 브라이너.

저 녀석들이 역습을 알리는 신호탄이다.

'더!'

속으로 중얼거리면서도 벨미르는 본연의 역할에 충실했다. 단단하게 포백 앞을 보호하며 눈앞의 맨 시티 선수들에게 으르렁거리는 것 역시 잊지 않았다.

답답한 공격이 이어져서일까.

결국 데 브라이너와 페르난지뉴가 하프라인을 넘어 깊숙이 발을 들이밀었다.

"지그으음!"

원지석과 벨미르가 소리친 것도 동시였다.

아가리를 벌리며 기다리던 개가 그 발을 물었다.

＊　　　　＊　　　　＊

방아쇠를 당기듯.

웅크려 있던 라이프치히가 나섰다.

갑자기 쏟아져 나오는 그들을 보며 맨 시티도 당황을 감추지 못했다.

"뭐야, 미친!"

공을 가지고 있던 데 브라이너가 기겁하며 패스를 넘겼다. 그 옛날 토털 풋볼도 아니고, 자신에게 달려오는 그들에게선 광기마저 느껴졌기 때문이다.

─아! 이게 무슨!

─당황한 데 브라이너가 뒤로 공을 돌립니다!

중계진과 관중들 역시 눈을 크게 뜨며 라이프치히의 압박을 지켜보았다.

'반대로 생각하면.'

패스를 받은 페르난지뉴는 이 순간이 도리어 기회라는 걸 깨달았다.

아직 맨 시티의 선수들은 공격에 가담한 그대로 있다. 반면 라이프치히 선수들은 센터백들을 제외하곤 대거 페널티에어리어를 나온 상황.

"공 받을 준비해!"

페르난지뉴가 선수들에게 손짓하며 자리를 잡으라 소리쳤다.

슬금슬금 다가오던 미친개를 발견한 것은 조금 뒤의 일이었다.

―벨미르으으!

―라이프치히의 미친개가 문 것을 놓지 않습니다!

벨미르가 페르난지뉴와 몸을 비비면서도 필사적으로 공을 뺏기 위해 이를 악물었다.

결국 가랑이 사이로 발을 집어넣어 공을 빼낸 것과 동시에, 라이프치히 선수들이 미친 듯이 맨 시티의 골문을 향해 달리기 시작했다.

―라이프치히의 역습이 시작됩니다!

―공격을 위해 자리를 잡았던 맨체스터 시티 선수들에겐 청천 벽력 같은 일이에요!

"달려!"

벨미르가 뒤에서 긴 땅볼 패스를 보냈다.

정확하진 않지만, 그렇다고 해서 역습을 끊어먹는 최악의 패스도 아니다.

먼저 달려가던 세리가 뒤를 흘끔 보고선 안정적인 터치로 공을 받아냈다.

세리가 빠른 드리블로 달리자 라이프치히의 선수들도 그에 맞춰 상대 팀의 수비진을 공략했다.

하프라인 근처에 있던 맨 시티 선수들이 서둘러 복귀했지만, 다른 동료들이 돌아오기까지는 조금 늦다.

결국 한정적인 수로 더 많은 선수를 막아야 했는데 사실상 불가능한 이야기였다. 때문에 베르너를 우선적으로 마크하며 동료들이 올 때까지 시간을 벌 생각이었고.

물론 라이프치히는 그들의 의도대로 놀아줄 생각이 없었지만.

공을 갖고 있던 세리가 좌우를 훑었다.

포르스베리는 조금 뒤에 떨어져 있었고, 베르너는 막혔다. 그때 페널티에어리어로 침범하는 자비처가 보였다.

다른 선택은 없다.

부드러운 패스가 자비처의 앞으로 흘렀다.

그들의 옆으로 새는 패스를 보며 라포르테가 움찔했지만 자리를 벗어나진 않았다. 걷어내기엔 미묘하게 먼 거리였다.

─공을 받은 자비처가 멈추지 않습니다! 페널티에어리어 측면을 침범하는 자비처!

거침없는 자비처를 보며 라포르테와 오타멘디가 이를 악물었다. 아무래도 동료들을 기다릴 시간은 주어지질 않을 모양이었다.

결국 그들이 막아야 했다.

라포르테는 베르너에게서 등을 돌리며 이쪽으로 오는 자비처를 마주 보았다.

베르너에 대한 압박이 느슨해져도 어쩔 수 없다. 지금은 저녀석을 막는 게 우선이었으니까.

자비처의 움직임에 맞춰 멀리서 세리가 뛰어오는 게 보였다. 동시에 베르너도 공을 받기 위해 라포르테의 뒤로 몸을 빼는 중이었다.

'어디지?'

그들의 눈이 주위를 빠르게 훑었다. 어느 쪽이라도 골을 먹힐 확률이 크다. 그 확률을 줄이려면 최대한 빠르게 반응해야만 한다.

툭!

그들의 정신이 흩어지는 틈을 탄 사이.

공은 이미 자비처의 발끝을 떠났다.

기습적인 슈팅은 강한 힘이 실리지 않았다.

톡 띄워진 로빙슛은 그대로 라포르테와 에데르손을 넘으며 골문 구석을 향해 포물선을 그렸다.

베르너를 견제하던 오타멘디가 뒤늦게 슬라이딩태클로 슈팅을 걷어내려 했지만, 이미 툭 떨어진 공은 골라인을 넘어선 뒤였다.

와아아!

골대 안으로 미끄러지던 오타멘디가 관중들의 환호성에 얼굴을 들지 못했다.

굳이 확인하지 않아도 막지 못했다는 걸 알게 됐으니까. 그는 그대로 잔디에 얼굴을 묻었다.

―골입니다! 고오오올! 다시 한번 골을 넣으며 멀티골을 기록하는 마르셀 자비처!

―사람들의 예상과는 달리 수월하게 경기를 이끌어가는 라이프치히입니다!

"됐어!"

골과 함께 원지석이 한숨을 쉬었다.

단 한 번.

두 번은 써먹지 못할 전술이었다.

그런 전술이 통한 만큼 기쁨은 컸다. 같이 전술을 구상했던 케빈은 벌써부터 맨 시티 쪽의 벤치를 도발하는 중이었고.

"무슨 애도 아니고, 그만해요 좀."

"내가 부끄러워? 어?"

"쪽팔려요."

케빈의 목덜미를 잡고선 벤치 쪽으로 몸을 돌리게 만들었다. 천재는 천재인데, 가끔 주변 사람을 부끄럽게 하는 데도 기막힌 재주를 가진 천재였다.

이후 경기는 무난하게 흘렀다.

후반전이 시작한 것과 동시에 데 브라이너가 강력한 중거리 슛을 꽂은 것만 뺀다면.

"야, 이 새끼들아! 경기 끝났냐?!"

골을 넣은 데 브라이너가 공을 가지고 돌아갈 동안 원지석이 그라운드를 향해 무섭게 소리쳤다.

하지만 얼마 지나지 않아 추가골이 터졌다.

맨 시티가 아닌 라이프치히의 골이.

―고오오올! 맨 시티에 찬물을 끼얹는 벨미르의 환상적인 슈팅!

―마치 발락을 보는 듯했습니다!

골을 넣은 주인공은 벨미르였다.

하프라인부터 페널티에어리어 앞까지 달려가 때린 강력한 슈팅이 그대로 골이 된 것이다.

골을 넣은 녀석은 카메라를 앞두고 소리를 지르더니 곧 렌즈를 옆으로 돌렸다.

이젠 익숙한 것처럼 카메라맨이 다시 화면을 잡았을 땐, 유유히 떠나는 벨미르의 등번호와 이름이 찍혔다.

"좋겠어. 가르치던 대로 골을 넣으니."

"아직 멀었지."

벤치에 앉은 케빈이 옆에 앉은 발락을 쿡쿡 찌르며 짓궂게 물었다.

발락 역시 말은 그렇게 했어도 미소를 감추지 못했다. 자신의 지도로 선수가 성장한다는 건 굉장히 묘한 기분이었기 때문이다.

그 말처럼 그는 현재 벨미르의 튜터링 선생이 되어 지도를 하는 중이었다.

'꼬마 녀석이.'

처음 벨미르를 만났을 때가 떠올랐다.

감독인 원지석은 벨미르가 더 다양한 점을 배우길 원해 그를 불렀다.

솔직히 말해 녀석의 지랄 맞은 성격을 아는 발락으로선 꺼려지는 부탁이었다.

결국 수락하긴 했어도 각오를 했던 터였는데, 의외로 벨미르는 지시하는 바를 고분고분 따랐다.

'그리고 지금은.'

그라운드에서 뛰는 벨미르가 보였다.

수비만이 아니라 공격에 가담하는 모습도 썩 나쁘진 않았다.

몇 개월간의 훈련은 녀석이 공격적인 모습에도 눈을 뜨게 하는 계기가 되었다.

—제수스의 슈팅! 굴라치 골키퍼의 선방에 막힙니다!

—맨 시티가 선수교체를 알리는군요. 부상에서 이제 막 회복한 아게로가 들어갈 준비를 합니다.

과르디올라는 오늘 부진한 모습을 보인 스털링을 대신해 아게로를 넣었다.

최근 잔부상에 시달리던 아게로인 만큼 경기감각이 완전하진 않을 터. 그럼에도 골감각은 뛰어난 스트라이커였기에 꺼낸 카드로 보였다.

—다시 한번 제수스의 슈우웃!

—우파메카노가 막아냅니다!

시간이 지나갈수록 맨 시티의 공격은 더욱 거세졌다. 그들의 의욕은 쉽사리 꺾이지 않았다.

원정골. 이기진 못하더라도 최대한 많은 원정골을 적립해야 했기 때문이다.

이후에도 워커를 빼고 미드필더인 진첸코를 투입하며 공격력을 높였지만, 라이프치히의 골문은 쉽사리 그들을 허용하지 않았다.

―라이프치히도 교체 카드를 꺼냅니다.
―수비형미드필더와 센터백이 들어가네요.

원지석은 후반 75분이 되자 일잔커와 오르반을 투입시키며 수비력을 강화시켰다.

그들은 자물쇠였다. 더 이상의 변화를 만들지 않도록 채우는 자물쇠.

삐이익!

주심의 휘슬이 울렸다.

경기는 더 이상의 득점 없이 끝났다.

굳게 잠긴 자물쇠를 열지 못한 과르디올라가 손으로 눈가를 덮으며 고개를 저었다.

스코어는 3 : 1.

라이프치히의 승리였다.

*   *   *

「[키커] 맨 시티를 꺾은 라이프치히!」
「[빌트] 환상적인 자비처!」

생각보다 수월한 승리에 독일 언론들도 많은 주목을 표했다. 분데스리가에서야 미움받는 처지라지만, 챔피언스리그에서는 다르니까.

멀티골을 기록한 자비처는 경기 최우수선수로 선정되며 활약을 인정받았다.

원지석이 부임하기 전부터 분데스리가 최고의 윙어 중 하나였지만, 이제는 세계적인 레벨에 가까워졌다는 평가와 함께.

「[키커] 벨미르를 극찬한 과르디올라!」

한편 적장인 과르디올라가 벨미르의 이름을 언급한 일은 적지 않은 화제가 되었다.

"최고의 유망주죠. 지금도 뛰어나지만, 세계 최고의 미드필더가 될 잠재력이 있다고 생각합니다."

그렇게 말한 그는 2차전에서 경기를 뒤집을 수 있다고 말하며 인터뷰를 마무리했다.

실제로 벨미르는 이 경기에서 홀로 중원을 장악했다는 평가를 들었다. 키커에게서도 최고 평점인 1점을 받았고 말이다.

「[빌트] 라이프치히의 로이 킨과 발락이 만나다!」

거기다 라이프치히의 코치로 들어간 발락에게 튜터링을 받는다는 소식이 알려지자 팬들의 기대감은 매우 커졌다.

발락은 동독을 상징하는 축구인 중 한 명이다.

그런 사람에게 튜터링을 받는다는 건 벨미르가 발락의 정신적인 후계자로 보이는 계기가 되었고, 실제로 비슷한 점이 있었다.

아닌 게 아니라.

그의 커리어 첫 시작은 수비형미드필더였으니까.

이후 발락은 레버쿠젠 시절부터 공격적인 재능을 마음껏 뽐내기 시작했고, 유명세를 떨치게 된다.

거기다 원지석은 그의 첼시 시절을 바로 옆에서 보았다. 처음에는 적응하지 못해 많은 욕을 먹었지만, 결국 수비형미드필더로서 자리를 잡던 시절을.

원지석은 그걸 알고 있다.

아니, 모든 사람이 안다.

발락은 미드필더로서 모든 걸 갖춘 육각형 미드필더라는 걸.

한쪽만 뾰족하게 나온 벨미르에겐 최고의 선생님이 되어줄 것이다.

「[키커] 벨미르 결승골, 샬케를 꺾은 라이프치히!」

「[키커] 베르너의 해트트릭! 하노버를 대파하다!」

「[키커] 라이프치히에게 엉망진창으로 구겨진 프랑크푸르트!」

2차전이 있기 전까지.

라이프치히는 분데스리가에서 좋은 기록을 이어갔다.

특히 세 번째 경기인 프랑크푸르트전에서 로테이션 멤버들의 활약은 고무적이라 할 수 있었다.

"우리는 맨체스터로 떠납니다."

승리하기 위해서.

프랑크푸르트를 꺾은 원지석은 기자회견에서 이 말을 남기고 떠났다.

맨체스터에 도착한 라이프치히는 예약해 둔 호텔로 향했다. 창문으로 그 광경을 멍하니 보던 원지석은 예전 일을 떠올렸다.

첼시 감독 시절이 아니더라도, 코치 시절부터 원정경기를 함께 갔던 만큼 맨체스터는 어느덧 익숙한 곳이 되었다.

'그때는 주로 올드 트래포드였지만.'

퍼거슨이 EPL을 지배하던 시절.

맨체스터에 간다는 말은 올드 트래포드에 간다는 말과 같았다.

하지만 이제는 다르다.

퍼거슨의 은퇴 이후 맨 유가 과도기를 겪을 동안, 그만큼 성장한 맨 시티의 원정을 꺼려하는 팀도 적지 않았다.

'불길한데.'

괜한 찝찝함을 떨쳐내고자 원지석이 눈을 감았다.

그리고 경기 당일.

수많은 사람들이 모인 에티하드 스타디움.

양 팀 모두 1차전과는 어느 정도 라인업의 변화가 있었다.

홈팀인 맨체스터 시티는 포백으로 멘디, 라포르테, 오타멘디, 워커를 내세웠다. 여기까진 1차전과 같았다.

중원에는 데 브라이너와 귄도간, 그리고 페르난지뉴를.

공격형미드필더 자리에는 다비드 실바를 놓고, 그 위의 최전 방에는 아게로와 제수스를 놓으며 투톱을 형성했다.

실바의 움직임에 따라 쓰리톱인 433이 될 수도, 혹은 4312가 될 수도 있는 포메이션이다.

이에 맞서는 라이프치히는 442의 포메이션을 꺼냈다.

포백에는 할슈텐베르크, 오르반, 우파메카노, 베르나르두를, 중원에는 브레노, 세리, 벨미르, 자비처가.

최전방에는 포르스베리와 베르너가 자리를 잡았다. 사실 포 르스베리는 위치상 최전방에 있을 뿐, 프리 롤에 가깝게 움직 일 터였다.

그렇게 경기가 시작되었고.

─고오오올! 경기 시작부터 골을 뽑아내는 다비드 실바!

애석하게도 원지석의 불길한 예상은 현실이 되어가고 있었 다.

*   *   *

벼락같은 골이었다.

전반 8분.

페널티에어리어 측면에서 감아 찬 슛이 골 망을 흔드는 데 성공했다.

"제길."

멍하니 골을 먹힌 굴라치 골키퍼가 어이가 없다는 듯 혀를 찼다. 꼼짝도 하지 못했다. 눈은 공을 좇는데 몸은 반응하지 못하는 좆 같은 기분.

"후우."

숨을 깊게 내쉰 굴라치가 고개를 저었다.

골키퍼의 멘탈은 매우 중요하다. 정신을 차리지 못한다면 오늘 에티하드 스타디움에서 호러 쇼가 펼쳐질 터였다.

"미안."

팀의 주장이자 센터백으로 선발 출장한 오르반이 머리를 긁적이며 말했다.

이번 실점은 그의 실수가 컸다.

실바를 제대로 마크하지 못하고 슈팅 찬스를 내줬으니까.

"아냐, 네 잘못도 아니었지."

쩝 하고 입맛을 다신 굴라치가 본인의 볼을 찰싹찰싹 때렸다. 정신 차리자는 제스처에 오르반도 고개를 끄덕였다.

현재 스코어는 1 : 0.

종합 스코어로는 2 : 3으로, 아직은 라이프치히가 앞서고 있는 상황.

하나 안심할 상황은 아니다. 만약 맨 시티가 한 골을 더 추가할 경우 원정골 우선 원칙에 의해 뒤집어질 테니까.

"지시받은 대로만 해!"

원지석은 멍해 있는 선수들에게 소리쳤다. 그제야 정신을 차린 라이프치히 선수들이 고개를 끄덕이며 자리를 잡았다.

'한 골까지는 예상했다. 두 골은 안 돼.'

그때는 1차전에서 먹힌 원정골이 그의 폐부를 깊숙이 찌를 것이다. 혈류를 타고 흘러 심장을 때리는 혈전처럼.

경기가 재개되었다.

라이프치히는 무리한 공격 대신 후방으로 공을 돌렸다. 맨체스터 시티가 라인을 올리며 들어오도록.

그 속내가 뻔히 보이는데도 사냥개의 입속에 발을 들이밀 수밖에 없다. 결국 급한 건 그들이었기 때문이다.

맨체스터 시티의 전술이 1차전과는 다른 점을 꼽자면 중원의 귄도간이 있었다.

그는 후방 플레이메이커 롤을 맡으며 공격과 수비를 이어주는 이음새가 되었다. 특히 첫 골에서 실바에게 결정적인 패스를 찔러준 게 바로 그였다.

다만 귄도간의 플레이엔 단점이 있었는데, 그건 부족한 활동량이었다.

"야 시발, 좀 뛰어!"

페르난지뉴의 말에 귄도간이 미안하다는 듯 손을 들었다.

방금도 수비 가담을 하지 않아 위험한 장면이 나올 뻔했다.

권도간은 좋은 패스를 뿌리고 테크닉이 뛰어난 미드필더지만 활동량과 수비 가담이 떨어진다는 비판을 받는 선수다.

그랬기에 과르디올라는 라이프치히가 엉덩이를 내릴 거라 생각해 권도간을 선발했음에도, 그 짝으로 페르난지뉴를 붙일 정도였다.

이런 사실을 라이프치히의 벤치 역시 알고 있었다.

"저 새끼 저거, 굼뜬 거 보이냐?"

벨미르를 부른 원지석이 턱짓으로 권도간을 가리키며 중얼 거렸다.

"그래서 뭐? 죽여?"

"보스니아 압박 맛 좀 보여줘."

"맘에 드는 명령이야."

씨익 웃은 벨미르가 그라운드로 돌아갔다.

코너킥을 준비하기 위해 맨 시티의 골문으로 가는 길이었다. 권도간과 눈을 마주친 녀석이 한쪽 눈을 찡긋거렸다.

"불쌍하긴."

"찍혀도 쟤한테 찍히냐."

라이프치히 선수들이 권도간에게 불쌍하단 눈초리와 동정 섞인 한마디를 보탰다. 정작 당사자는 이해를 하지 못해 눈살을 찌푸렸지만.

그 말을 이해하기까지는 그리 오래 걸리지 않았다.

"다른 애들은 부상이라도 당했냐?"

"뭐?"

"너 같은 애가 선발로 나오는 게 이상해서."

지금까지 수많은 선수들의 멘탈을 갈아버린 미친개의 트래시 토크가 시작된 것이다.

이미 1차전 때 벨미르를 겪은 동료들은 권도간에게 무시할 것을 말했지만, 생각보다 쉬운 일은 아니었다.

"주둥이로 축구하냐?"

신경질적인 반응에 녀석이 웃었다.

미끼를 문 물고기를 보는 낚시꾼처럼.

—권도간과 거친 몸싸움을 벌이는 벨미르!

—헤딩 경합에서 승리한 벨미르가 공을 넘깁니다!

벨미르는 권도간을 계속해서 압박했다. 육체적으로도, 멘탈적으로도. 이윽고 중원에서 권도간의 영향력은 현저히 줄어들었다.

중원에서 조율을 해줘야 할 선수가 지워지자 맨 시티의 공격에도 차질이 생겼지만, 실바와 데 브라이너가 그 역할을 분담하며 전개를 이어갔다.

—빠르게 복귀한 브레노가 데 브라이너에게서 떨어지지 않아요!

—정말 지치지도 않나 보군요! 오늘 본인에게 주어진 역할에

충실한 브레노!

오늘 왼쪽 윙어로 나온 브레노는 그런 실바와 데 브라이너를 압박하는 데 힘썼다.

벨미르와 더불어 가장 많이 뛰는 선수임에도 브레노의 페이스는 쉽게 처지지 않았다. 맨 시티 선수들에겐 그런 브레노가 축구하는 기계처럼 보일지도 몰랐다.

"뛰어!"

원지석의 외침과 함께.

다시 공을 소유한 라이프치히의 역습이 시작되었다.

'하프타임까지 남은 시간은 7분.'

팔목에 걸린 시계를 흘끔 확인한 그가 팀의 기어를 바꾸기로 마음먹었다.

슬슬 양 팀 모두 체력이 빠질 때였다. 괜히 경기가 끝나갈 때 집중력이 흩어져 골을 먹히는 장면이 자주 나오는 게 아니다.

'기회가 있다면 지금이야.'

지금까지 경기를 느긋하게 풀어갔다면, 이제는 한층 속도를 올리기로.

원지석의 제스처에 선수들이 눈을 빛냈다. 그들 역시 이때만을 기다리고 있었던 것이다.

슬금슬금 라이프치히가 라인을 올렸다.

이미 베르너와 자비처는 상대 팀 수비 라인에 걸쳐 역습을 준비하는 중이었다.

무언가를 눈치챈 과르디올라가 알리려 했을 때, 아게로의 슛이 오르반에게 막혔다.

"빌리!"

오르반은 바로 옆에 있던 우파메카노에게 공을 넘겼고, 우파메카노의 긴 패스가 세리에게 배달되었다.

─라이프치히의 역습입니다! 어느새 많은 선수들이 올라가 있군요!

─맨 시티 선수들이 서둘러 수비에 복귀합니다!

맨 시티의 미드필더진들이 먼저 벽을 쌓았다. 그들이 시간을 끄는 사이 아게로를 제외한 공격진들도 서둘러 수비에 복귀했다.

이미 1차전에서 카운터어택에 혼쭐이 난 과르디올라였기에 대비 전술을 짜둔 모양이었다.

세리는 미리 자리를 잡은 그들을 보며 고민에 빠졌다. 패스를 어디로 줘야 할까, 그렇게 망설이는 사이 측면 끝을 달려가는 자비처의 모습이 보였다.

"막아!"

마찬가지로 맨체스터 시티의 선수들 역시 멀리 있는 자비처를 보았다. 세리의 패스 동작에 꽤나 힘이 실려 보였기 때문이다.

툭!

하지만 그들의 예상과는 달리.

물 흐르듯 유려한 땅볼 패스가 페널티에어리어로 향했다.

—베르너어어어!

그리고 그 공을 향해 뛰어가는 선수가 있었다. 아까부터 수비진 앞을 어슬렁거리던 베르너였다.

수비 뒤 공간을 파고든 베르너가 페널티박스까지 침입하자 다른 맨 시티 선수들이 손을 들며 부심을 바라보았다.

오프사이드트랩에 걸렸다는 제스처.

하지만 부심의 깃발은 끝내 올라가지 않았다.

결국 에데르손 골키퍼가 공을 향해 몸을 던졌지만, 베르너가 낮게 깔아 찬 슈팅은 반대쪽 골대를 노리며 데구루루 굴렀다.

—고오오올! 매우 민첩한 몸짓으로 동점골을 성공시키는 티모 베르너! 에티하드 스타디움이 침묵에 빠졌어요!

—맨체스터 시티 선수들이 부심에게 항의합니다! 왜 오프사이드가 아니냐는 거 같네요!

곧 주심이 다가와 부심에게 정말 오프사이드가 아니냐고 물었다. 부심이 확신을 담아 고개를 끄덕이자 결국 라이프치히의 골이 인정되었다.

─골이 인정됐습니다! 라이프치히의 동점골!

곧 베르너가 수비 라인을 허무는 장면이 리플레이로 재생되었다.

베르너의 뒷모습을 확인한 세리가 곧바로 패스를 찔렀고, 이 순간 화면에 흰색 선이 쳐졌다.

─아! 온사이드입니다!

─한쪽 팔이 나왔지만 팔은 오프사이드에 해당하지 않으니까요. 부심이 정확히 봤군요.

골이 인정된 베르너가 동료들과 기쁨을 나누었다. 다시 한 걸음 앞서 나가게 된 골이었다.

전반전이 끝나고.

다시 후반전이 시작되었다.

이후 경기는 치고 되받아치는 전개가 계속되었다.

브레노와 벨미르는 중원 싸움에 가담했고, 최전방에 섰던 포르스베리는 측면으로 내려와 플레이 메이킹을 도왔다.

반면 맨체스터 시티는 피니셔인 아게로를 계속해서 라이프치히의 골문 앞에 두었다. 파트너로 나온 제수스와 실바는 부담을 덜어주기 위해 계속해서 뛰었다.

"좀 더 붙어!"

오르반은 수비 라인을 조율하며 맨 시티의 공격을 막아냈다.

그의 커맨딩 능력은 원지석의 지도 아래 눈을 떴다는 게 좋을 정도로 능숙한 조율을 보여주었다.

─우파메카노의 거친 몸싸움에 심판이 휘슬을 붑니다.
─아무래도 카드가 나올 거 같죠?

중계진의 예상처럼 우파메카노를 부른 심판이 옐로카드를 꺼냈다.

까딱했으면 페널티킥이 나올 뻔한 상황이었다. 우파메카노가 고개를 끄덕이며 세트피스 수비를 위해 자리를 잡았다.

"수비 그렇게밖에 못하냐? 어? 히메네스가 노려보는 거 안 보여?"

"미친놈아, 좀!"

키커 앞에서 벽을 쌓던 우파메카노는 자신의 옆에 선 벨미르의 갈굼에 한숨을 쉬었다.

프리킥을 찰 준비를 하던 데 브라이너는 지들끼리 싸우는 둘을 보며 어깨를 으쓱였다.

시간은 계속해서 지났다.

과르디올라는 아게로와 귄도간을 빼고 사네와 스털링을 투입했다. 424에 가까운 공격적인 포메이션이었다.

원지석은 뎀메와 일잔커를 넣으며 중원을 장악하기 위한 카드를 꺼냈다.

결국 스틸링이 허무하게 날려 버린 슈팅이 마지막 기회가 되며 심판이 휘슬이 불었다.

삐이익!

경기 결과는 1 : 1.

총합 스코어에서 4 : 2란 결과를 거둔 라이프치히의 승리였다.

"좋은 승부였네."

"힘든 승부였습니다."

악수를 나누며 짧게 이야기를 나눈 둘은 등을 돌렸다. 선수들에게 잘했다며 등을 한 번씩 두드려 준 원지석이 고개를 들었다.

멀리서 온 라이프치히의 팬들이 흰색과 붉은색이 섞인 머플러를 흔들며 기뻐하는 게 보였다. 그쪽을 향해 손을 흔들어주자 더욱 큰 함성이 들려왔다.

씨익 웃은 원지석이 발걸음을 옮겼다.

그렇게 라이프치히는 무난한 진출을 이루었다.

*　　　　　*　　　　　*

「[키커] 베르너의 동점골, 8강에 진출한 라이프치히!」

생각보다 무난한 승리였다는 말이 많았다.

특히 공격력으로 주목을 받은 맨 시티가 많은 골을 넣지 못했다는 점에서 놀란 반응을 보인 사람도 있었다.

「[빌트] 과르디올라의 창끝을 막아낸 원지석!」

빌트에 실린 칼럼에는 원지석을 극찬하는 내용이 실렸다. 1차전과 2차전에서 서로 다른 전술을 꺼냈음에도 놀랍도록 효율적인 전술이라는 거였다.

16강을 통과한 이들은 이제 8강을 기다렸다.

―챔피언스리그 8강 추첨이 시작됩니다.
―과연 어떤 팀들이 만나게 될까요?

4강이면 몰라도 아직까진 상대적으로 해볼 만한 팀들이 있었다. 각 팀의 팬들은 제발 어렵지 않은 상대가 뽑히길 기도했다.

―처음 뽑힐 팀은…….
―바르셀로나군요! 처음부터 강한 팀이 나왔습니다!

처음부터 우승 후보의 이름이 나오자 사람들의 얼굴이 구겨졌다.

이제 다음에 나오는 팀이 저 우승 후보와 맞붙게 된다. 사람들은 평소 찾지 않던 신까지 부르며 그들의 팀이 나오지 않기를 바랐다.

　—아! 라이프치히! 바르셀로나의 상대는 라이프치히예요!
　—조별 예선에서 만났던 두 팀이 다시 8강에서 만나게 되었네요!

　카메라가 현장에 있던 랄프 랑닉의 얼굴을 비추었다. 랄프 랑닉은 쓴웃음을 지으며 턱을 쓰다듬었다.

　「[키커] 8강에서 다시 만난 바르셀로나와 라이프치히!」

　조별 예선에서의 성적은 1무 1패로 라이프치히가 열세였다. 그럼에도 기자회견에 나선 원지석의 얼굴은 자신감이 넘쳤다.
　"이 자리에서 팬들에게 약속 하나 하죠."
　그렇게 말한 원지석이 씨익 웃었다.
　"우리가 이길 겁니다."

　　　　　　*　　　　　　*　　　　　　*

　챔피언스리그 8강 대진이 확정되었다.
　물론 바로 경기를 뛰거나 하진 않는다. 그 전에 있을 리그 일정도 그렇고, 중간에 낀 A매치 기간이 있기 때문이다.

최근 분데스리가에서 좋은 활약을 보인 라이프치히의 선수들 역시 국가대표에 이름을 올렸다.

그건 세계 최고의 팀 중 하나인 독일 국가대표팀 역시 마찬가지였다. 베르너, 뎀메, 오르반, 할슈텐베르크가 이번 A매치 기간에 소집되었으니까.

「[키커] 만샤프트, 3월 A매치 소집 명단 발표」

만샤프트.

'팀'이라는 뜻을 지닌 별명.

이는 매우 뛰어난 조직력을 보여주는 그들을 가장 잘 표현한 별명일지도 몰랐다.

「[빌트] 만샤프트에 이름을 올리지 못해 논란이 된 선수들!」

독일 축구는 그 명성만큼이나 뛰어난 선수들이 많았는데, 대표 팀에 뽑히지 못한 목록을 보자면 입이 벌어질 정도였다.

거기다 소집 명단에 뽑혔다고 해서 쉬운 일은 아니다. 가장 알기 좋은 예를 들자면 센터백인 오르반이 있었다.

라이프치히의 주장인 그는 국가대표팀에선 벤치만 달구었는데, 이에 대해 사람들은 아무 말도 꺼내지 않았다.

주전 센터백들인 훔멜스와 보아텡이 보여주는 호흡을 넘어서지 못하니 당연했다. 그 정도로 만샤프트의 수준은 광장하다.

라이프치히 선수들 중 확실한 주전은 베르너 정도였고, 뎀메 역시 적지 않은 기회를 받았다.

'그래도 아는 얼굴이 있으니 좀 낫네.'

국가대표팀에 소집된 베르너는 라이프치히 동료들을 보며 손을 들었다.

지금도 그렇지만, 만샤프트에는 바이에른 선수들의 지분이 매우 컸다. 괜히 바이에른이 작은 국가대표라 불리는 게 아니었으니까.

전에는 뎀메, 가끔 할슈텐베르크가 뽑혀 같이 있었지만 보통은 모르는 사람들이 대부분이었다.

라이프치히와 으르렁거리는 바이에른이나 도르트문트의 선수들과는 어딘가 벽이 느껴졌다. 물론 그들과의 사이가 나쁘다는 건 아니다.

그래도 테어슈테겐같이 해외 리그에서 뛰는 선수들과는 어느 정도 친분이 있었기에 외롭지는 않았다.

"원 감독님은 어때?"

경기에 나서기 전.

선수들이 터널을 향해 걸어가던 때였다.

함께 걷던 테어슈테겐의 물음에 베르너가 눈을 끔뻑 떴다. 아무래도 잘못 들었나 싶었다.

"응?"

"맞아. 너네는 감독이랑 친해 보이더라."

옆에 있던 선수들이 맞장구를 치자 베르너가 어깨를 으쓱였다.

"그런가?"

"감독님이 밥까지 해준다며? 그 정도면 완전 아빠 아니냐?"

"아니, 우리 아버지도 요리 같은 건 안 해준다고."

누군가의 말에 독일 국가대표 선수들이 웃음을 터뜨렸다. 짓궂지만 악의가 없는 걸 알기에 라이프치히 선수들도 쓴웃음을 지었다.

"나쁠 건 없잖아?"

"뭐 그렇지."

사실 말은 이렇게 해도 그들 역시 라이프치히 선수들을 보며 신기하단 생각을 했다.

라이프치히 선수들이 원지석에 대한 이야기를 할 때는 항상 웃고 있었다. 단순한 선수와 감독의 사이가 아닌, 그 이상의 유대.

그런 적은 처음이었다.

가끔은 그게 부럽다고 느껴질 정도였다.

"우리는 아니야. 감독님을 아빠처럼 따르는 애들은 따로 있지."

"그래?"

화제를 돌리기 위해 베르너가 입을 열었다. 동시에 뎀메와 할슈텐베르크가 눈을 크게 떴다.

"벨미르나 브레노가……."

"나 불렀냐?"

멀리서 불쑥 들려온 목소리에 베르너를 비롯한 라이프치히 선수들의 얼굴이 굳었다.

저 멀리 터널 끝에서 순둥이 같은 녀석이 터벅터벅 걸어오는 게 보였다.

벨미르.

보스니아의 미친개가 등장한 것이다.

오늘 독일의 상대는 보스니아였다.

녀석이 저지의 지퍼를 푸는 것과는 반대로 베르너의 얼굴은 떫은 감을 씹은 것처럼 변했다.

"내 이름이 들리던데 무슨 말 했냐?"

"아니, 너 축구 잘한다고 했지."

"그래?"

고개를 갸웃거리면서도 벨미르가 그들을 지나치며 속삭였다.

"너네 다 뒈졌어."

*   *   *

─여기는 독일의 홈인 올림피아슈타디온 베를린입니다! 원정팀인 보스니아를 상대로 독일이 어떤 모습을 보여줄지 기대가 되네요!

─보스니아는 이번 경기를 통해 벨미르가 선발 데뷔전을 치릅니다. 분데스리가 팬들이라면 많이 주목하지 않을까 싶어요.

그때 카메라가 관중석에 있던 한 사람을 잡았다.

안경을 쓴 날카로운 인상의 동양인. 라이프치히의 감독인 원지석이었다.

그 옆에는 예수를 닮은 남자가 레드불을 홀짝이며 앉은 게 보였다.

—아, 원지석 감독이 경기장을 찾아왔군요?

—옆에 있는 사람은 라이프치히의 수석 코치인 케빈이네요. 아무래도 라이프치히의 선수들이 많이 나올 경기니 직접 보러 온 게 아닐까요?

그때 케빈이 뭐라고 중얼거렸는지 원지석이 타박을 주는 장면이 나왔다.

케빈의 얼굴이 시무룩하게 바뀌는 걸 보며 중계진이 웃음을 터뜨렸다.

그들의 말처럼 원지석과 케빈이 이곳을 찾은 이유는 라이프치히 선수들을 지켜보기 위해서였다.

해외라면 몰라도 독일 내에서 열리는 경기인 데다가, 선수들이 국가대표팀에선 다른 역할을 맡을 때가 있기에 보러 온 것이다.

경기가 시작되었다.

역시 객관적인 전력에서 앞서는 독일이 보스니아를 가두어 공격하는 모습이 주를 이루었다.

─벨미르의 태클! 베르너가 탄식을 토합니다!

아까 터널에서의 일 때문인지, 아니면 원래 전략이 그런 거였는지.

벨미르는 베르너를 집요하게 따라다니며 괴롭혔다. 오늘 독일이 크게 앞서면서도 골을 뽑아내지 못한 건 이러한 벨미르의 공이 컸다.

"그거 아냐? 오귀스탱이 요즘 너보다 골 잘 넣고 있는 거?"

"시발 좀, 잘못했다고!"

같은 팀일 땐 몰랐던 그 집요함에 베르너가 소리를 질렀다.

그 모습을 관중석에서 지켜보던 케빈이 피식 웃으며 레드불 캔을 땄다.

"잘 노는구먼."

"노는 것보다는… 잡아먹으려는데요?"

"그만큼 친하다는 거겠지."

속 편한 소리에 원지석이 턱을 긁적였다. 오늘 경기에 나온 라이프치히 선수들은 3명. 모두 나쁘지 않은 퍼포먼스를 보여 주었다.

결국 경기는 독일의 승리로 끝났다.

올 가치가 없진 않았다.

고개를 끄덕인 원지석이 몸을 일으켰다.

"우리도 준비하러 가죠."

바르셀로나전을 대비하기 위해.

고개를 끄덕인 케빈이 그 뒤를 따랐다.

조별 예선에서 만난 바르셀로나와의 두 경기는 원지석을 크게 흔들었다.

1무 1패.

그중에서도 첫 경기였던 1패는 아주 혹독하게 깨졌었다.

최선을 다해 준비했던 것들이 무너질 때의 그 기분. 최악의 경험이었다.

그래서 두 번째 경기에선 쓰리백을 꺼냈다. 당시 바르셀로나를 상대했던 쓰리백은 나쁘지 않은 결과를 거두었지만, 역시 완벽하다고는 할 수 없다.

더 나은 전략을.

더 나은 대응법을 찾아야 한다.

"쓰리톱이 아니면 투톱인가."

원지석은 전술 보드를 놓고 고민에 빠졌다. 발베르데는 442 포메이션을 적지 않게 사용했다. 라이프치히를 상대로도 투톱을 꺼냈었고.

그리즈만을 쓰기 위해선 왼쪽 측면공격수나 처진 공격수 자리를 마련해야만 했다.

"뎀벨레나 쿠티뉴를 생각하면 433으로 나오지 않을까요?"

한 코치가 꺼낸 의견에 원지석이 어깨를 으쓱였다.

쿠티뉴 역시 왼쪽 측면공격수를 소화할 수 있지만, 바르셀로나가 그를 영입한 궁극적인 이유는 이니에스타의 대체자기 때문이다.

442에선 왼쪽 측면으로, 433에선 중앙의 메짤라로.

전술에 맞춰 다른 역할을 뛸 수 있는 선수지만 수비력이 부족하다는 단점이 있다.

결국 쿠티뉴와 호흡을 맞출 파트너로는 그 부족한 수비력을 채워줄 선수가 나올 것이다.

원지석은 라키티치와 부스케츠를 그 옆에 붙였다. 만약 투톱을 꺼낸다면 이대로, 쓰리톱을 꺼낸다면 로베르토가 추가되지 않을까.

"우리는 어떻게 할 거냐."

옆에 있던 케빈이 테이블을 손가락으로 톡톡 두드리며 물었다.

포백을 꺼냈을 땐 형편없이 깨졌고, 쓰리백에선 경기는 안정적이지만 공격력이 떨어진다.

"그때와 달라진 게 있죠."

원지석은 아무것도 없는 라이프치히 진영에 자석 하나를 올려놓았다.

벨미르.

그때와 달라진 게 있다면 벨미르였다.

팀에 적응한 미친개가 더욱 날카로워진 발톱을 어떻게 쓸지 증명할 시간이다.

*　　　　*　　　　*

―사람들이 손에 꼽아 기다리던 경기가 곧 시작됩니다.

―양 팀의 라인업입니다. 먼저 홈팀인 바르셀로나부터 소개해 드리죠.

바르셀로나는 442의 포메이션을 꺼냈다.

포백으로는 알바, 움티티, 피케, 로베르토가.

중원에는 쿠티뉴, 라키티치, 부스케츠, 뎀벨레가.

최전방에는 그리즈만과 메시가 서며 라이프치히의 골 망을 노렸다.

―오늘 오른쪽 풀백으로 나온 로베르토가 눈에 띄는군요.

―최근에는 세메두를 대신해서 나올 정도로 좋은 활약을 보여 주는 로베르토입니다.

발베르데는 442 전술에선 로베르토를 풀백으로 기용했는데, 그 퍼포먼스가 리그 최고의 풀백 중 하나라 해도 손색이 없을 정도였다.

이에 맞서는 원정팀.

라이프치히는 4141의 라인업을 꺼냈다.

포백으로는 브레노, 히메네스, 우파메카노, 베르나르두가.

중원에는 포르스베리, 세리, 뎀메, 자비처가 섰으며 수비형미드필더로서 벨미르가 뒤를 받쳤다.

최전방에는 베르너가 홀로 서며 팀의 공격을 이끌었다.

한 명의 공격수가 더해진 전술과, 한 명의 미드필더가 더해진 전술. 그 결과를 오늘 확인할 수 있을 것이다.

"미안해서 어쩌나. 팬들과의 약속을 지키지 못하게 될 거 같은데."

바르셀로나의 감독인 발베르데가 악수를 나누던 도중 짓궂게 말했다.

"글쎄요."

기자회견에서 승리를 약속한 것도 거창한 이유는 없었다. 스스로에게 하는 약속. 지지 않겠다는 각오일 뿐.

어깨를 으쓱인 원지석이 터치라인으로 향했다.

원정팀을 주눅 들게 하는 홈 팬들의 응원. 오늘 저들의 입에서 한숨 소리를 내게 만들어야 한다.

삐이익!

경기가 시작되었다.

선축은 바르셀로나의 몫이었다.

공을 받은 뎀벨레가 터치라인을 따라 달렸다. 그 앞을 포르스베리가 막았으나, 뒤를 따라오던 로베르토와의 이 대 일 패스로 따돌리는 데 성공했다.

─백패스를 받은 로베르토가 날카로운 패스를 찌릅니다!

─좋은 터치로 패스를 받아내는 뎀벨레! 빨라요!

라이프치히의 수비진이 미리 자리를 잡았지만 뎀벨레는 별다른 걱정을 하지 않았다.

메시 같은 크랙들은 지공 상황에서 더욱 빛나는 선수니까. 그는 동료를 믿었다.

오늘 왼쪽 풀백으로 나온 브레노는 1차적인 방어선이 뚫리자 천천히 뎀벨레에게 다가갔다.

"조금 더 기다려!"

주장 완장을 찬 오르반이 히메네스와 브레노를 컨트롤하며 수비 라인을 잡았다. 오늘 같은 경기에서 수비 라인이 무너지거나 간격 유지가 안 된다면 바로 골을 먹힐 터였다.

"지금!"

주인의 명령을 기다리던 사냥개처럼 브레노가 뎀벨레를 향해 뛰었다. 측면에서 막 중앙으로 들어가려던 녀석은 흠칫 놀라며 발을 멈췄다.

─뎀벨레에게 달라붙는 브레노!

─수비에 가담한 라이프치히의 미드필더들이 공간 압박에 가담하네요! 매우 좋은 위치 선정입니다!

"쓥."

뎀벨레가 혀를 차며 공을 돌리려 할 때.

미드필더 구역에서 뛰어오는 녀석이 보였다.

이를 드러내며 웃는 그 모습이 퍽 인상적이었다.

─벨미르으으!

라이프치히의 미친개가 달렸다.

36 ROUND
다시 만나다

경기가 시작하기 전까지만 해도 발베르데의 얼굴은 꽤나 여유로웠다.

조별 예선에서 거둔 1승 1무.

그것도 두 번의 경기에서 라이프치히보다 더 좋은 퍼포먼스를 보였으니까.

이번 경기를 준비하면서도 질 거라는 생각은 들지 않았다. 자만이 아닌 자신감. 세계 최고의 축구 팀이라면 그래야 하지 않겠는가.

하지만.

지금 그의 눈살은 구겨져 있었다.

—벨미르의 환상적인 태클! 몸을 던지는 슬라이딩태클로 정확히 공만 빼냅니다!

—누워 있던 벨미르가 발만 움직여 공만 패스하네요!

라이프치히의 빠른 역습이 시작되었다.

그들은 중원에서의 수적 우위를 통해 강한 압박에 들어갔다.

결국 처진 공격수인 그리즈만마저 중원 싸움에 가담했지만 큰 효과를 보진 못했다. 도리어 공격적인 부분에서 삐걱거리는 모습이 나올 정도였다.

—라이프치히가 오늘 경기를 위해 칼을 갈고 왔다는 느낌이 강하게 느껴지네요.

—네. 원지석 감독의 자신감 넘치는 기자회견도 괜히 나온 게 아닌 거 같군요.

물론 중원 싸움에서 승리한다고 해서 골이 들어가는 건 아니다.

아무리 중원을 장악한다고 해도 공격이 효율적이지 못하면 소용이 없다. 그랬기에 라이프치히는 한 번의 역습이라도 최대한 날카롭게 날을 갈았다.

역습의 첨병은 자비처였다.

세리의 멋들어진 패스를 받은 그가 빠르게 뛰었다. 앞을 막아서는 쿠티뉴를 가볍게 제치면서도 드리블의 탄력은 죽지 않았다.

―측면에서 중앙으로 파고드는 자비처!
―바르셀로나 선수들이 그를 막기 위해 자리를 잡습니다!

그들 역시 맨 시티를 상대로 자비처가 보여준 활약을 알기에 일찍이 대비책을 세웠다.

바르셀로나의 왼쪽 풀백인 알바와 중앙미드필더인 라키티치가 공간 압박에 들어갔다. 뒤따라오는 쿠티뉴가 압박에 가세하며 삼면이 막힌 상황.

"여기! 이쪽!"

선수들 사이로 벨미르가 손을 들며 소리를 질렀다.

복잡한 생각보다 자비처의 발이 먼저 움직였다.

옆으로 지나가는 공을 막기 위해 라키티치가 몸을 던졌지만 살짝 늦다. 공을 받은 벨미르가 그대로 바르셀로나의 골문을 향해 달렸으니까.

―라이프치히 포백 앞에 있던 벨미르가 어느새 저기까지 달려갔어요!
―라키티치의 시선이 자비처에게 쏠려 있었기 때문에 수월하게 중원을 돌파하는 벨미르!

발이 빠른 알바가 서둘러 수비에 복귀했고, 움티티가 슬쩍 앞으로 나오며 패스를 줄 각도를 좁혔다.

벨미르는 욕심을 부리지 않았다.

잠깐 몸을 멈칫한 그가 뒤꿈치로 백패스를 흘렸다.

―백패스를 받은 세리의 원터치 패스!

―포르스베리의 슈우우웃!

왼쪽 측면에서 중거리슛을 때려본 포르스베리가 살짝 벗어나는 공을 보며 머리를 긁적였다.

"괜찮았어!"

근처에 있던 원지석이 박수를 치며 격려했다. 비록 골이 들어가지 않았지만 그 전까지는 좋은 움직임이었다.

중앙에서의 강한 압박, 그리고 측면을 통한 공격 전개.

사실 조별 예선에서 깨졌던 전술과 크게 다르지 않았다. 차이점이 있다면 중원이다.

당시 원지석은 팀이 즐겨 쓰는 전술인 442를 꺼냈지만 결과는 형편없었다. 그래서 다음 경기에는 수비를 보완한 쓰리백을 꺼냈고, 역시 공격적으로는 만족스럽지 못했다.

그래서 이번 경기에선 공격수 하나를 빼고 대신 미드필더를 추가시켰다.

그 녀석이 벨미르였다.

녀석은 그때와는 다른 차이점을 만들었다.

—이번에도 높이 올라가는 벨미르!

—오늘 그라운드에 모든 발자국을 찍겠다는 것처럼 엄청난 활동량입니다!

녀석은 공격 가담, 중원 압박, 포백을 보호하며 1선과 3선을 끊임없이 뛰었다.

선수 한 명이 더 뛰는 것 같은 활동량에 바르셀로나의 플레이도 점점 위축이 되었다.

—메시의 환상적인 슈팅을 벨미르가 다이빙 헤더로 막아냅니다!

—골이 들어가는 줄만 알았는데 이걸 막네요!

오른쪽 측면에서 왼발로 감아 찬 환상적인 슈팅이었다. 굴라치 골키퍼가 반박자 늦게 반응했기에 그대로 골 망을 출렁이는 듯했다.

하지만 높게 날아오른 벨미르가 머리를 까딱거리며 공을 걸어내는 데 성공했다.

회심의 슈팅이 막히자 메시가 허탈한 얼굴로 고개를 저었다. 동시에 원정석에 있던 팬들이 엄청난 환호성을 지르며 벨미르의 활약에 박수를 보냈다.

'오래 쓸 전술은 아니야.'

환호하는 팬들과는 달리 원지석의 눈은 차갑게 식어 있었다.

그만큼 선수를 혹사시키는 역할이다. 되도록이면 빠르게 승부를 결정지어야 한다.

"뎀메! 벨미르!"

원지석은 뎀메와 벨미르를 불렀다.

둘은 고개를 갸웃거리면서도 터치라인으로 다가갔다.

"이제부터 벨미르 네가 높이 올라가고, 뎀메가 수비 부담을 더 해줘."

"네."

"내가 다시 손짓하면 원래대로 돌아오는 거고. 알겠지?"

새로운 지시를 받은 둘이 고개를 끄덕였다.

전술이 바뀌었음에도 라이프치히의 움직임은 혼선을 빚지 않았다. 이미 훈련장에서 지겹도록 발을 맞춘 전술 중 하나이기 때문이다.

벨미르는 마치 공격수처럼 바르셀로나의 수비수들이 있는 곳까지 올라가 압박을 시도했다.

그 뒤를 뎀메가 지켰고, 포르스베리가 중원 싸움에 가담하며 빈자리를 최소화시켰다.

　

―벨미르의 슈우우웃! 골키퍼의 펀칭에 막히네요!

―테어슈테겐의 동물적인 움직임이었습니다!

"뭐 하는 거야! 이쪽으로 오기 전에 걷어냈어야지!"

공을 밖으로 내보낸 테어슈테겐이 수비진을 다그쳤다. 그 말처럼 수비진의 실수로 인해 허용한 슈팅이었다.

피케가 쩝 하고 입맛을 다시며 고개를 끄덕였다. 머리와 몸이 따로 노는 기분이다. 인정하기 싫지만 이제는 몸이 예전 같지 않다는 걸 본인 스스로가 알았다.

'그래도 아직은 아니야.'

아직은 이 캄프 누를 떠나고 싶지 않다.

이를 악문 피케가 코너킥 수비를 위해 자리를 잡았다.

피케가 마크해야 할 대상은 방금 슈팅을 때렸던 벨미르였다. 키는 그보다 작지만 점프력이 뛰어나 안심할 수는 없다.

코너킥을 차기 위해 포르스베리가 뒷걸음질을 쳤다.

모든 선수들이 그에게 이끌렸다.

그 순간.

포르스베리가 달렸지만 그건 속임수였다.

공을 차는 척하면서도 그 직전에 발을 멈췄으니까. 하지만 그 속임수에 넘어간 선수들은 순간 움찔하면서도 공이 보이지 않자 고개를 갸웃거렸다.

결국 속았다는 걸 깨달은 누군가 욕지거릴 내뱉었다.

"아, 진짜!"

누군가의 불만이 들렸는지 포르스베리가 멋쩍게 머리를 긁적였다.

동시에.

툭.

바로 옆에 있던 세리에게 공을 넘겼다.

─패스를 받은 세리가 페널티에어리어를 향해 달립니다!

─직접 올리기보다는 다른 선택을 하는군요!

포르스베리는 페널티박스까지 멀리 크로스를 올리는 대신 지공을 택했다.

다가오는 세리를 보며 바르셀로나 선수들이 빠르게 자리를 잡았다.

동시에 몇몇 선수들이 페널티에어리어 밖으로 나서며 압박을 가하자 세리의 발걸음도 멈추었다.

그중에서도 로베르토가 공을 뺏기 위해 태클을 시도했지만, 이미 공은 그에게서 떠난 상태.

어디 있지?

로베르토가 옆으로 흐르는 공을 발견했다.

그리고 그 공을 향해 뛰어오는 선수도.

─포르스베리이이이!

쾅!

더욱 가까이 다가간 포르스베리가 페널티에어리어 바로 옆에서 크로스를 올렸다.

강한 힘이 실린 크로스가 쏘아지자 페널티박스 안에 있던 선수들이 공에게서 눈을 떼지 않았다.

먼저 움직인 것은 피케였다.

그는 194cm라는 큰 키를 이용해 다른 선수들보다 먼저 공에 머리를 뻗었다.

하지만 공에 실린 힘이 생각보다 강한 건지, 아니면 헤딩 실수인지 몰라도.

공은 페널티에어리어 밖으로 걷히는 게 아니라 그 뒤로 튕겼다.

그리고 그 공이 향하는 곳엔 라이프치히의 선수가 있었다. 공이 튕기는 걸 보며 미리 자리를 잡고 있던 녀석이.

벨미르가 몸을 뒤집으며 바이시클킥을 날렸다.

코앞에서 쏘아진 슈팅에 테어슈테겐이 손을 뻗었지만 늦었다. 이미 공은 골라인을 넘어섰으니까.

─고오오오올! 골입니다 골! 벨미르의 환상적인 고오오올!

몸을 일으킨 벨미르가 소리를 지르며 뛰었다. 다른 라이프치히 선수들도 그 뒤를 따라 달렸다.

캄프 누에 침묵이 찾아왔다.

발베르데가 오프사이드라며 항의했지만 주심은 고개를 저었다. 그런 실랑이를 중계하던 화면에 이윽고 리플레이가 재생되었다.

—여기서부터군요.

피케가 떨어졌을 때부터.

자유로워진 벨미르는 슈팅을 하기 위해 자리를 잡았다.

만약 공이 다른 곳으로 튕겼다면 의미가 없을 행동이었지만, 결과적으로는 기가 막힌 위치 선정이다.

삐이익!

경기가 다시 시작되었다.

소중한 선제골과 함께 라이프치히는 안정적인 경기 운영을 풀어갔다.

확실히 미드필더가 하나 더 있다는 점은 중원 싸움에서 유리한 이점이었다. 벨미르는 이전처럼 활발한 움직임으로 중원을 장악했다.

후반전이 지나면서 발베르데는 변화를 주었다.

부스케츠를 빼고 노장 공격수인 수아레즈를 투입한 것이다. 중원을 포기하는 대신 공격 쪽에 무게를 실은 것으로 보였다.

그럼에도 라이프치히는 더 이상의 골을 허용하지 않았다. 오히려 날카로운 역습으로 바르셀로나의 간담을 서늘하게 만들었다.

—공을 걷어내는 오르반!

—패스를 받은 브레노가 빠르게 질주합니다!

브레노는 오늘 공수 양면으로 매우 좋은 퍼포먼스를 보여주며 원지석을 만족시켰다.

특히 하프라인 근처에서 때려본 중거리 슈팅이 골대를 맞을 땐 캄프 누의 관중들이 안도의 한숨을 내쉴 정도였다.

경기 시간도 거의 끝나갈 때쯤.

카메라가 원지석을 잡았다.

그는 서부의 총잡이처럼 한쪽 눈을 감으며 카메라를 향해 총을 쏘는 제스처를 취했다.

—하하, 원지석 감독이 미리 셀레브레이션을 보여주는군요.

—라이프치히 팬들이 싫어할 수가 없는 감독이죠?

삐이익!

결국 경기가 종료되었다.

경기 스코어는 1 : 0.

벨미르의 환상적인 활약 덕분에 귀중한 결승골이자, 원정골을 적립하고 떠나게 된 라이프치히였다.

「[키커] 캄프 누를 지배한 벨미르!」

오늘 경기가 끝나고 가장 주목을 받은 건 벨미르의 히트 맵이었다.

그라운드 중 어떤 곳을 가장 많이 뛰었는지 확인할 수 있는 히트 맵은, 많이 뛴 곳일수록 색이 진하다.

벨미르의 히트 맵은 매우 진했다.

라이프치히의 진영부터 바르셀로나 진영까지 그 진한 색이 끊어지지 않았을 정도로.

"좋은 활약이지만 여기서 만족하지 않을 생각입니다. 녀석의 잠재력을 생각하면 부족한 거 같군요."

원지석은 그 활약을 칭찬하면서도 녀석에게 더 많은 것을 원했다.

오늘 같은 경기가 인생 경기라 불리면 안 된다. 녀석에겐 매 경기마다 이런 퍼포먼스를 보여줄 잠재력이 있었다.

「[스포르트] 발베르데, 겨우 한 골 차이」

패장인 발베르데는 2차전에서 얼마든지 뒤집을 수 있다는 자신감을 드러냈다.

확실히 한 골이면 부담스럽긴 해도 충분히 가능성이 있는 차이였다. 바르셀로나는 역전 의지를 불태우며 라이프치히의 홈인 RB아레나를 찾았다.

그리고 경기 당일.

발베르데가 고개를 들지 못하고 눈가를 덮었다.

「[키커] 라이프치히, 바르셀로나를 누르고 4강 진출!」

「[빌트] 팬들과의 약속을 지킨 원지석!」

그들이 원하던 바가 아닐 터였다.

지난 경기처럼 카메라를 향해 총잡이 흉내를 내는 원지석이
잡혔다.

*   *   *

「[스포르트] 메시의 빛바랜 멀티골」
「[스포르트] 결과에 아쉬워하는 발베르데」

경기 결과는 2 : 2.

총합 3 : 2라는 접전 끝에 4강에 진출하게 된 라이프치히였
다.

사실 라이프치히 팬들에겐 경기가 끝나기 전까지 매우 아슬
아슬했던 2차전이었다.

경기는 이른 시간부터 메시의 골이 터지며 균형을 맞추었다.
아니, 이제는 그들이 추가할 원정골을 조심해야만 했다.

그리고 후반 53분.

메시가 한 골을 더 터뜨리며 상황을 뒤집었다.

셀레브레이션을 하는 메시를 보며 홈 팬들의 얼굴에 절망이
어렸다. 결국 두 개의 원정골을 극복하기 위해선 두 골이 더 필
요했는데, 현재 상황으로선 불가능해 보였기 때문이다.

그런 상황에서.

원지석의 용병술이 빛났다.

후반 60분, 원지석은 팀의 핵심 선수인 자비처와 베르나르두를 뺐다.

대신 들어간 선수들은 유망주 공격수인 오귀스탱과 윙어 브루마였다.

당시 두 선수가 교체로 들어갈 때만 하더라도 사람들은 그가 경기를 포기했다고 생각했다. 아무리 부진한 선수들이라도, 그만한 선수가 없었던 게 사실이었으니까.

그리고 75분.

오귀스탱이 만회골을 넣었다.

피케를 등지고 서 있던 오귀스탱이 턴 동작과 함께 벼락처럼 터뜨린 골이었다.

만회골이 터지자 발베르데는 경기를 굳힐 생각으로 교체 카드를 꺼냈다. 중앙미드필더인 파울리뉴와 오른쪽 풀백인 세메두를 넣으며 안정감을 강화시켰다.

그때 원지석의 눈이 빛난 걸, 그는 알지 못했다.

라이프치히 역시 마지막 남은 교체 카드를 꺼냈다. 뎀메를 빼고 브레노를 투입한 것이다.

마침내 88분.

더는 없을 마지막 찬스.

브레노가 메시에게서 공을 뺏으며 결정적인 역습이 시작되었다.

하프라인까지 달린 브레노가 멀리 롱패스를 보냈다. 이걸 받은 브루마가 그대로 페널티에어리어까지 달렸으며, 낮은 땅볼 크로스를 강하게 찔렀다.

패스는 오귀스탱에게 향했다.

얼마 남지 않은 시간.

바르셀로나의 선수들이 오귀스탱에게 달려가던 순간, 녀석은 뒤꿈치로 공을 흘렸다.

이 원터치 패스는 수비진을 허물며 베르너에게 닿았다. 그리고 강렬한 슛. 동시에 팬들의 환호성이 RB아레나를 흔들었다.

동점골이자 다시 앞서가는 역전골.

원지석이 총잡이 셀레브레이션을 한 것도 이때였다.

이와는 대조적으로 발베르데는 한숨을 쉬며 눈가를 손으로 덮었다. 설마 지금 시간대에 먹힐 줄이야. 상상하기 싫은 상황이었다.

웅크렸던 바르셀로나가 다시 공격을 퍼부었지만 라이프치히의 골문은 열리지 않았다.

그걸로 끝.

기어코 다시 한번 뒤집힌 경기에 관중들은 열광했다. 그들은 경기장을 떠나지 않고 오랫동안 노래를 불렀다.

원! 원! 원!

자신의 이름을 연호하는 팬들을 보며 원지석이 피식 웃었다.

「[키커] 여우 같은 원지석에게 박수갈채를 보내는 사람들!」

라이프치히의 팬들만이 아닌 많은 사람들이 그가 보여준 전술 운용에 박수를 보냈다.

1차전에서는 완벽한 전술을 준비해 안정적인 승리를 거두었고, 불리했던 2차전에서는 과감한 용병술로 판도를 뒤집었다.

어린 감독답지 않은 노련함에 많은 축구인들이 놀란 반응을 보였다.

"지금까지 원 감독에 대한 평가는 천재적인 전술가가 아닌, 선수단 관리에 뛰어난 감독이었습니다. 하지만 앞으로는 다를지도 모르겠군요."

"네. 이번 바르셀로나와의 경기를 비롯해 점차 다른 모습을 보여주는 게 느껴지네요."

"물론 케빈이란 훌륭한 조력자가 있지만… 그걸 실제로 받아들이고, 어떻게 적용할지는 감독의 역량이니까요."

챔피언스리그 8강전을 자세히 다룬 방송에서 패널들은 저마다 다른 의견을 꺼냈다.

그럼에도 공통점은 하나였다. 승리의 주요 포인트는 원지석의 놀라운 경기 운영이었다는 것.

새로운 전술로 매번 사람들을 놀라게 할 수는 없다.

시시각각 상황이 바뀌는 그라운드.

그때마다 어떻게 대처하느냐에 따라 감독에 대한 평가가 바뀐다.

성장하는 건 선수들만이 아니다.

원지석 역시 많은 경험을 받아들이며 성장을 멈추지 않았다.

                    *   *   *

라이프치히는 이후 분데스리가에서도 상승세를 멈추지 않았다.

이번에야말로 복수를 꿈꾸던 도르트문트를 물리쳤으며, 승점을 잃지 않고 1위 자리를 굳건히 지켰다.

「[키커] 이번 시즌 분데스리가 우승은 누구에게?」

아직 남은 경기는 많다.

그건 2위로 라이프치히를 바짝 쫓아오는 바이에른에게도 적용되는 말이었다.

승점 2점이 떨어지는 바이에른에겐 아직 반전의 기회가 남았다. 후반기에 있을 라이프치히와의 경기에서 역전 우승 가능성이 남았기 때문이다.

「[TZ] 뢰브, 우리는 우승할 수 있다」

뮌헨의 지역지인 TZ와의 인터뷰에서 뢰브는 강한 자신감을 드러냈다.

분데스리가에서 바이에른이 우승을 하지 못한다는 건 부진이라 불릴 일이다. 이번에도 마이스터샬레를 들지 못한다면 자존심이 구겨질 대로 구겨질 터.

"가능성은 충분합니다."

뢰브는 역전 우승에 대한 의지를 불태웠다.

이는 바이에른의 선수들 역시 마찬가지였다.

팀의 핵심 선수들은 다가올 라이프치히와의 경기에서 반드시 승리해야 한다며 각오를 다졌다.

「[TZ] 선수단에게 분발을 촉구하는 노이어!」

팀의 주장인 노이어는 동료들의 투지를 일깨우며 선수단을 하나로 모았다.

트레블과 함께 바이에른의 새로운 황금기를 열었던 선수들은 이제 대부분이 적지 않은 나이를 먹었다.

2020년.

빅이어를 들었던 2013년으로부터 벌써 7년이란 시간이 흘렀다.

당시 바이에른을 이끌던 선수들 대부분이 팀을 떠나거나 은퇴했고, 팀의 주장이자 든든한 수문장인 노이어는 34살의 노장이 되었다.

그 뮐러마저 서른 줄이 되었으니 이제 그들이 구가했던 황금기는 얼마 남지 않았다.

"그렇기 때문에 우승해야지."

노이어는 강한 어조로 말했다.

적어도 팀의 침체기에 떠밀리듯 퇴장하고 싶은 마음은 없었다. 다른 선수들 역시 고개를 끄덕이며 그 말에 동조했다.

각오를 다진 그들이 RB아레나를 향해 떠났다.

—팬들이 기다리던 라이프치히와 바이에른의 경기가 곧 시작됩니다!

—2위와 3위의 승점 차이가 8점이기 때문에, 사실상 분데스리가의 왕좌를 결정짓는 매치네요.

RB아레나를 가득 채운 관중들은 아직 경기가 시작하지 않았음에도 응원을 하고 있었다. 쩌렁쩌렁 울리는 그 소리가 바이에른 선수들의 고막을 두드렸다.

원정석에 앉은 바이에른 팬들이 지지 않겠다는 듯 응원을 했지만, 수적인 차이에서 그 소리가 묻혔다.

"준비됐어?"

라이프치히의 라커 룸.

안경을 올려 쓴 원지석이 선수들을 날카롭게 훑었다.

"물론이지."

다른 선수들의 얼굴엔 군기가 바짝 든 반면 여유롭게 고개를 끄덕이는 녀석이 있었다.

오늘 선발 라인업에 이름을 올리기도 한 벨미르가 이를 드러
내며 말했다.

"가서 박살 내면 되잖아?"

"정확해."

뭐 너무 요약하긴 했지만.

피식 웃은 원지석이 먼저 라커 룸을 떠났다.

곧 라이프치히 선수들도 터널을 향해 걸었다.

─양 팀의 선발 라인업입니다. 딱히 파격적인 선발이랄 것은
없군요.

─그만큼 최상의 전력을 보내겠다는 의지일지도 모르겠네요.
먼저 홈팀인 라이프치히입니다.

라이프치히의 라인업이 소개되었다.

수비진은 할슈텐베르크, 우파메카노, 히메네스, 베르나르두
가 자리를 잡았고.

중원에는 포르스베리, 세리, 벨미르, 자비처가.

최전방에는 베르너와 오귀스탱이 자리를 잡으며 바이에른의
골문을 노렸다.

─최근 무서운 성장 속도를 보여주는 오귀스탱이 베르너와 함
께 자리를 잡았어요.

─챔피언스리그에서도 중요한 골을 넣었었죠?

바르셀로나와의 2차전에서도 1골 1도움을 기록했던 오귀스탱이었다.

이에 맞서는 원정팀 바이에른은 포백으로 알라바, 훔멜스, 보아텡, 키미히가.

중원에는 알칸타라, 비달, 뮐러가.

최전방에는 코망, 레반도프스키, 말콤이 잡으며 433 포메이션을 마무리 지었다.

ㅡ뮐러의 움직임에 따라 4231이나 442가 될 수 있는 전술입니다.

삐이익!

경기가 시작되었다.

라이프치히는 홈이라는 이점을 살리며 바이에른을 강하게 압박했다. 할슈텐베르크는 오버래핑을 하기보다는 수비와 중원 압박에 도움을 주었다.

우파메카노는 그런 할슈텐베르크와 합을 맞추며, 수비진이 흔들리지 않도록 라인을 단단히 잡았다.

ㅡ레반도프스키에게서 공을 빼앗는 우파메카노!

ㅡ최근 무서운 퍼포먼스를 보여주는 그가 계속해서 철벽같은 모습을 보여주네요!

우파메카노 역시 원지석의 지도 아래 부쩍 성장한 모습을 보여주었다.

전반기 랑리스테에선 IK—5를 받았으며, 이 퍼포먼스를 시즌이 끝날 때까지 유지한다면 순위를 올리는 것도 가능할 것이다.

그런 우파메카노가 멀리 공을 보냈다.

최근엔 장거리 패스도 부쩍 좋아져 최후방에서의 직접적인 빌드 업도 심상찮게 볼 수 있었다.

바깥 발로 공을 받은 자비처가 측면을 달리면서도 슬쩍 주위를 훑었다.

세리와 벨미르가 뒤에서 따라오는 게 보였다. 순간 스루패스를 찌를까 싶었지만, 이내 바이에른 선수들이 공간 압박을 하는 걸 보며 생각을 바꿨다.

'조금 더.'

자비처의 허벅지가 부풀었다.

공을 길게 차고 달리며 그의 드리블도 폭발적인 속력이 붙었다.

—자비처의 앞을 알라바가 막아섭니다!

더 이상 드리블을 하지 못하도록 알라바가 길을 막았다. 그러는 사이 수비를 도우러 오는 알칸타라가 보였다.

'지금!'

자비처가 공을 뒤꿈치로 빼내는 것과 동시에 그 자신도 몸을 접었다.

힐 찹, 일명 백 숏으로 불리는 기술이 펼쳐지며 알라바를 따돌렸다.

―계속해서 안쪽을 향해 파고드는 자비처!

측면에서 중앙으로 파고드는 그를 보며 세리와 벨미르의 움직임도 다르게 바뀌었다.

세리가 왼쪽으로 빠지며 포르스베리와 자비처의 가운데에 위치했다면, 벨미르는 좀 더 뒤로 빠지며 혹시 모를 역습에 대비했다.

―자비처의 슈우우웃!

페널티에어리어 중앙으로 달리던 그가 중거리 슈팅을 한번 때려보았다.

하지만 노이어가 잡아내며 찬스가 무산되자 자비처는 머쓱한 얼굴로 손을 들었다.

경기는 계속해서 진행되었다.

바이에른은 측면을 통해 라이프치히의 페널티에어리어를 노렸다.

코망이 바깥쪽을 넓게 공략한다면, 말콤이 측면에서 안쪽으로 들어오는 식으로 수비 라인을 올라탔다.

그 사이에 선 레반도프스키는 전방 압박, 연계, 그리고 날카로운 슈팅을 날리며 수비진들의 간담을 서늘하게 만들었다.

그러다 터진 골은.

어찌 보면 헛웃음이 나올 골이었다.

노이어가 페널티에어리어 근처까지 온 공을 헤딩으로 걷어낼 때였다.

멀리 보내진 공은 하필이면 벨미르의 앞으로 굴러갔고, 하프라인 근처에 있던 녀석은 그대로 슈팅을 때렸다.

쾅!

—아! 벨미르가 그대로 슈팅을 때려보는군요!

—어? 어어어! 저거!

당황스러운 중계진과 더불어.

몸을 일으킨 노이어가 서둘러 골문을 향해 뛰었다.

하지만 강한 힘이 실린 공은 그보다 일찍 골문에 도달한 뒤였다.

—고오오올! 하프라인에서 때린 벨미르의 엄청난 골!

—하하, 저기서 때린 슛이 그대로 들어가네요!

와아아아!!

동시에 엄청난 환호성이 터졌다.

몸이 저릿해질 그 열기에 벨미르가 어깨를 으쓱였다.

"어디서 까불어."

새끼가.

*   *   *

노이어가 골키퍼임에도 넓은 범위를 커버한다는 건 익히 알
려진 이야기다.

과장을 조금 더 섞어 그라운드의 반을 수비한다는 말이 있
었으니까.

그럼에도 안정적인 골문을 보면 골키퍼의 새로운 영역을 개
척했다는 말이 괜히 나오는 게 아니었다.

"네가 할 일을 알려주마."

경기가 시작하기 며칠 전.

원지석은 벨미르에게 하나의 영상을 보여주었다. 그것은
10/11 시즌의 챔피언스리그였다.

인테르와 샬케의 8강전.

챔피언스리그 최고의 매치 중 하나로 꼽히는 그 경기를.

샬케의 유스 출신이었던 노이어는 당시 샬케 소속으로 골키
퍼 장갑을 꼈다.

스위퍼 키퍼로서 완전해진 바이에른 시절과는 달리, 이때는

아직 완벽하다고 할 선수는 아니었다.

"이 장면이야."

원지석은 준비한 자료를 재생했다.

지금까지 회자되는 스탄코비치의 골이었다.

인테르가 멀리 보낸 롱패스를 노이어가 헤딩으로 걷어냈고, 이를 하프라인에 있던 스탄코비치가 그대로 때려 버리며 골로 연결된 장면을.

"일부러 공을 멀리 걷어내도록 전방 압박을 할 거다."

벨미르가 할 일은 간단하다.

스탄코비치처럼 중거리에서 철퇴를 때리는 것.

이른바 참교육이었다.

—다시 한번 하프라인에서 슈우우웃! 이번엔 골문을 벗어납니다!

—아쉬움을 삼키는 벨미르!

또 한 번 기회가 찾아왔다.

라이프치히의 집요한 전방 압박에 노이어가 공을 멀리 걷어낼 때였다.

알칸타라를 뒤로 밀어낸 벨미르가 논스톱 슈팅을 날려보았지만 살짝 뜨고 말았다.

노이어가 안도의 한숨을 내쉬는 것과 달리 벨미르는 혀를 차며 머리를 긁적였다.

"그게 슛이냐?"

"제길."

동료들의 장난스러운 말에 녀석이 얼굴을 구겼다. 하지만 화를 내진 않았다. 그가 지랄을 하는 만큼, 못할 때엔 욕을 먹어야 한다는 걸 알기 때문이다.

당연한 이야기지만.

벨미르가 때리는 슈팅이 모두 골로 연결되진 않는다.

다만 바이에른의 최후방 플레이메이커인 노이어를 압박하는데엔 큰 효과를 주었다. 페널티에어리어 밖으로 나오는 모습이 확연히 줄었으니까.

물론 골문 앞에서의 노이어 역시 세계 최고의 골키퍼다.

베르너와의 일대일 상황을 막아내는 장면에선 라이프치히 팬들의 한숨이 RB아레나를 울릴 정도였다.

─노이어의 엄청난 선방! 저걸 막네요!

─애꿎은 잔디를 쥐어뜯는 베르너!

더 이상의 실점이 없는 건 노이어의 환상적인 퍼포먼스가 컸다.

그럼에도 바이에른은 별다른 반격을 하지 못했는데, 이는 전체적인 경기력에서 라이프치히에게 밀리고 있다는 게 한몫했다.

—라이프치히가 RB아레나를 지배하고 있네요. 뢰브 감독의
얼굴이 어둡습니다.

—바이에른이 이 정도로 밀리는 것도 오랜만에 보는군요.

카메라가 원정석을 비추었다.

첫 골이 들어갈 때만 하더라도 응원을 멈추지 않던 바이에
른의 원정 팬들의 구겨진 얼굴이 보였다.

삐이익!

스코어는 1 : 0.

경기는 더 이상 골이 터지지 않으며 그대로 끝났다.

한 골 차이의 패배. 크지 않은 점수 차에도 바이에른 팬들은
마치 대패를 당한 기색이었다.

오늘 경기의 내용을 보며 그들도 어렴풋이 느끼고 있는 것이
다.

앞으로 독일 축구의 왕좌를 누가 가져갈 것인지를.

「[키커] 왕좌가 걸린 매치에서 승리한 라이프치히!」

이로서 라이프치히와 바이에른의 승점 차이는 5점으로 벌어
졌다. 하지만 승점 그 이상의 의미가 있는 경기였다.

「[빌트] 자만을 경계하는 라이프치히의 감독」

"긴장을 풀기엔 이른 거 같네요."

손을 깍지 낀 그가 무덤덤한 얼굴로 입을 열었다. 중요한 경기를 이긴 것치고는 놀랍도록 평온한 모습이었다.

아직 남은 경기는 많다.

이번 경기를 이겼다고 해도, 남은 경기에서 두 번 이상을 진다면 의미가 없다.

"이제부터는 매 경기가 결승전입니다."

원지석이 각오를 다질 동안 유럽 축구계는 바쁘게 진행되었다. 얼마 남지 않은 챔피언스리그 4강 때문이다.

「[키커] 사람들의 주목이 쏠리는 대진」
「[빌트] 다시 한번 만난 스승과 제자!」

챔피언스리그 4강에서도 라이프치히는 특히나 많은 관심을 받았다.

그 상대가 정말 오랜만에 4강에 올라선 맨체스터 유나이티드라는 건 많은 이유 중 하나일 뿐, 정확히는 조금 다르다.

조제 무리뉴.

맨체스터의 스페셜 원과 얽힌 이야기는 사람들에게 많은 관심을 받았다.

「[BBC] 과연 무리뉴의 마지막 시즌은?」

무리뉴는 이번 시즌을 마지막으로 맨체스터를 떠날 게 확실해 보였다.

그의 계약기간은 2020년까지로, 1년의 추가 연장 옵션이 있다. 그런데도 맨 유는 그 옵션을 발동하지 않았다.

사실 그의 지도력은 맨체스터 유나이티드에 부임한 이후부터 꾸준히 제기된 의문이었다.

「[스카이스포츠] 더는 특별하지 않은 무리뉴」

우리가 아는 스페셜 원은 이제 사라진 게 아니냐는, 그런 의문이.

가장 큰 문제는 라커 룸 안팎으로 새는 잡음이다.

누구는 전술이 싫고, 누구는 주전으로 뛰지 못해 불만이고, 몇 선수들은 감독과의 사이가 틀어졌다는 등.

이런 소식은 꾸준히 기자들의 밥벌이용 기사가 되었다. 물론 공신력이 높진 않았기에 크게 신경 쓸 필요는 없었을 터였다.

문제는 그 기사를 받아들이는 사람들이었다.

성적은 유지하고 있다지만 맨 유의 불안한 경기력은 팬들에겐 불만으로 다가왔다.

그런 상황에 시끄러운 라커 룸은 치명적이었다. 선수단을 관리하는 데 도가 텄다는 소릴 듣던 감독에겐 더더욱.

이제 많은 팬들이 그에게서 등을 돌렸다.

그랬기에 무리뉴에게 있어 이번 시즌은 맨체스터에서 머무르는 마지막 시즌이라 봐도 좋았다.

마지막 시즌이라는 동기부여 때문일까, 맨 유는 퍼거슨 시대 이후 처음으로 챔피언스리그 4강에 진출했다.

유종의 미.

무리뉴와 맨체스터 유나이티드가 서로 웃으며 헤어질 수 있는 마지막 기회.

그런 상황에 그들의 앞을 막아선 건 그의 제자인 원지석이었다.

「[BBC] 무리뉴, 맨 유가 승리한다」

「[키커] 원지석, 라이프치히가 이긴다」

양 팀의 감독은 지지 않겠다는 의지와 함께 다가올 경기를 기대하고 있다고 밝혔다.

휴가 때마다 무리뉴와 만난 원지석이지만, 감독끼리의 대결은 EPL을 떠난 뒤로 처음이다.

"솔직히 말해 두근거리네요."

원지석은 다가올 경기를 생각하며 웃었다.

우상이었던 남자와의 대결은 여전히 두근거렸고, 그때와는 무엇이 변했는지 확인하고 싶었다.

"어려운 경기가 될 겁니다. 이기기 위해 최선을 다해야죠."

그렇게 기자회견이 끝났다.

라이프치히는 다시 한번 맨체스터로 원정을 떠날 준비를 했다.

"호텔이나 훈련장은 그때 예약해 둔 곳으로 다시 잡았어."

케빈의 말에 원지석이 고개를 끄덕였다.

맨체스터로 가는 건 올해에만 벌써 두 번째였다.

16강에서 만났던 맨체스터 시티는 매우 강한 팀이었다. 비록 맨 유가 맨 시티에 비해 리그 순위가 낮다고 해도, 여기까지 온 이상 그런 건 아무 의미가 없다.

"에티하드 스타디움에서 올드 트래포드라."

잉글랜드에서 지낸 1년을 떠올린 건지 어깨를 으쓱인 케빈이 소파에 앉았다.

"지금은 퇴물 소릴 들어도, 무시할 수 없는 양반이야."

무리뉴에 대한 이야기라는 걸 깨달은 원지석이 쥐고 있던 펜을 놓았다.

"운으로만 올라갈 수는 없는 자리니까요. 챔피언스리그, 그것도 4강은."

"뭐 그렇지."

킬킬 웃은 케빈이 소파에 등을 기댔다. 고개를 들어 형광등을 물끄러미 보던 그가 입을 열었다.

"올드 트래포드라. 싫은 곳이야."

"그래요?"

"거긴 너무 이질적이거든."

무슨 말인지 알겠다는 듯 원지석이 안경을 닦으면서도 고개를 끄덕였다.

올드 트래포드의 지속적인 비판 중 하나는 바로 경기장의 분위기다. 조용한 스타디움. 썩 달갑지 않은 그 말은 올드 트래포드의 또 다른 별명 중 하나다.

현역 시절의 퍼거슨도 꼬집었던 이 문제는 관광객의 비율이 높아지는 것과 맞물리며 점점 심해졌다.

매우 열정적인 분데스리가 관중들에게 익숙해진 케빈으로선 묘하게 다가왔을 터.

"그래서 최근 올드 트래포드의 경기 영상을 봤는데 말이야."

케빈이 들고 있던 스마트폰을 던졌다.

그걸 놓치지 않고 잡은 원지석이 화면을 확인했다.

"최근엔 엄청나더라고."

영상을 재생하자마자 엄청난 환호성이 그의 귓가를 찔렀다.

마지막에 가까워서일까.

무리뉴에게서 등을 돌렸던 팬들은 다시 그에게 열렬한 지지를 보냈다.

*　　　　*　　　　*

"엄청나네."

올드 트래포드 앞.

버스에서 내린 벨미르가 멀리서 들려오는 응원 소리를 들으며 중얼거렸다.

"쫄았냐?"

"뭐래."

옆에 있던 자비처의 말에 녀석이 코웃음을 치며 대답했다. 도리어 승부욕이 끓어올랐다.

"비명 소리가 나오게 해주지."

정장의 넥타이를 거칠게 푼 녀석이 사납게 웃었다. 다른 선수들이 피식 웃으며 그 옆을 따라 걸었다.

―챔피언스리그에서 다시 만난 스페셜 원들의 대결입니다.

―승률만 보자면 첼시 시절의 원지석 감독이 더 좋은 편이네요. 유럽 대항전에선 과연 어떻게 될지 지켜보는 것도 경기의 포인트 중 하나겠군요.

최근 올드 트래포드에게 조용한 스타디움이란 말은 어울리지 않았다.

무리뉴의 마지막 부탁이기도 한, 관광객들에게 허용하는 좌석들이 대폭 축소되었기 때문이다.

맨 유의 보드진 입장에서야 곧 떠나는 감독의 부탁인 데다 그들도 줄곧 고민한 문제였기에 수용한 것으로 보였다. 만약 반응이 좋지 않으면 다음 감독 때 되돌리면 그만이었고.

팬들은 오랜만에 진출한 챔피언스리그 4강에 잔뜩 들떠 있는 상황이었다.

글로리 글로리 맨 유!

쩌렁쩌렁 울리는 응원가 소리.

터널에서 기다리던 라이프치히 선수들 중 몇몇은 그 위압감에 침을 삼켰다.

마침내 그라운드에 입장하는 순간이 되었다. 먼저 자리를 잡은 맨 유 선수들이 손을 내밀고, 원정팀인 라이프치히가 그들을 지나치며 악수를 했다.

저지를 벗으며 라이프치히의 유니폼이 드러났다.

오늘 그들은 이곳을 방문한 손님이었다. 아주 나쁜 손님.

—양 팀의 라인업입니다.

—먼저 홈팀인 맨 유의 라인업부터 소개해 드리죠.

맨 유는 수비진으로 로호, 바이, 존스, 발렌시아가.

미드필더진에는 포그바, 마티치, 맥토미니가.

최전방에는 마샬, 루카쿠, 린가드가 서며 라이프치히의 골문을 노렸다.

—지난 시즌부터 불화설에 휩싸인 포그바지만 최근에는 꽤나 좋은 폼을 보여주고 있습니다.

무리뉴와 가장 불화설이 진하게 뜬 선수 중 하나가 포그바였다. 실제로 그의 에이전트인 라이올라는 새로운 팀을 구하고 있다며 언론플레이도 여러 번 했었고.

다만 곧 떠날 감독이라서일까.

포그바는 이번 시즌 후반기부터는 꽤나 반전된 모습을 보여주었다.

함께 중원을 구성한 마티치는 맨 유에 합류하며 좋은 모습을 보였고, 맥토미니는 퍼거슨이 극찬한 미드필더 유망주다.

최전방의 마샬은 기복이 있긴 해도 최근엔 날카로운 모습을 보여주었다.

루카쿠 역시 맨 유라는 팀에 적응하며 핵심 공격수가 되었고, 린가드는 무리뉴의 지도 아래 굉장히 성장한 모습을 보여준 선수다.

오늘의 라인업은 맨체스터 유나이티드의 후반기를 이끈 433 포메이션이라 할 수 있을 것이다.

이에 맞서는 라이프치히는 4141 포메이션을 꺼냈다.

포백에는 브레노, 오르반, 우파메카노, 베르나르두가.

중원에는 포르스베리, 세리, 뎀메, 자비처가 서며 그 뒤를 벨미르가 받쳤다.

그리고 최전방에는 분데스리가 최고의 공격수로 성장한 베르너가 섰다.

"피치 위에서 만나게 된 건 오랜만이군."

"그러게요."

"다시 만나서 반갑네. 하지만 이곳에서 이기는 건 쉽지 않을 거야."

무리뉴가 특유의 능글맞은 미소와 함께 원지석과 악수를 나누었다.

"다시 만나서 반가워요. 그리고 두고 봐야죠."

짧은 인사를 나눈 둘이 터치라인으로 돌아갔다.

후우.

누군가의 숨소리와 함께.

삐이익!

경기가 시작되었다.

*　　　*　　　*

맨 유와 라이프치히는 서로 간의 색채가 뚜렷했다.

무리뉴는 중원에서 포그바가 활약할 수 있는 최고의 무대를 짜주었다.

맥토미니는 활발히 움직이며 활력을 불어넣는 미드필더고, 마티치는 큰 체구를 이용해 중원을 장악하는 선수다.

이러한 동료들의 희생으로 포그바는 본인의 플레이를 마음껏 펼쳤다. 그는 그럴 가치가 있는 미드필더였다.

—포그바의 시원시원한 드리블!

화려한 개인기로 압박을 벗어난 포그바가 페널티에어리어까지 빠르게 달렸다. 그대로 두고 볼 수만은 없기에 벨미르가 그 앞을 막아섰다.

오늘 그는 포그바의 옆을 끈질기게 달라붙으며 공을 만지지 못하도록 방해했다.

―라이프치히가 포그바에게 확실한 자물쇠를 채우려는군요!

맨 유에게나, 라이프치히에게나.

핵심은 포그바였다.

그의 플레이에 따라 양 팀의 결과가 바뀐다. 원지석 역시 전술을 짤 때 신경 쓰지 않을 수 없는 점이었다.

대응법 자체는 그리 어렵지 않았다.

반대로 생각한다면, 포그바만 잘 막을 경우 맨 유의 중원은 날카로움을 잃는다는 소리였으니까.

―기어코 공을 뺏어내는 데 성공한 벨미르!

집요한 마크 끝에 공을 빼낸 녀석이 세리에게 날카로운 패스를 찔렀다.

오늘 중원에서 자유롭게 움직이는 벨미르는 주로 포그바를 집중적으로 압박했다.

맨 유에서 공을 가장 많이 소유하는 선수가 포그바인 만큼, 둘은 필연적으로 부딪칠 수밖에 없었다.

"나 같으면 쪽팔려서 주급 반납했을 거다."

"내가 받는 돈이 부럽냐? 응?"

벨미르와 포그바가 서로를 보며 으르렁거렸다. 포그바의 성격상 가만히 있을 선수는 아니기에, 경기 내내 날카로운 신경전이 이어졌다.

"거품 새끼."

"루저 새끼."

말싸움을 하면서도 공이 오면 달라진다.

마티치가 뒤에서 깊게 찌른 패스를 본 포그바의 눈이 날카롭게 변했다.

그러고는 뒤꿈치로 공의 방향을 바꾸었고, 몸을 돌리는 턴 동작으로 벨미르를 따돌렸다.

─압박을 벗어나는 포그바!

─포그바의 슈우우웃!

먼 거리에서 때려본 슈팅이 크게 벗어나자 포그바가 두 손을 머리에 올리며 혀를 내밀었다.

그러면서 슬쩍 고개를 돌리니 터치라인에 있던 라이프치히 감독에게 갈굼을 당하는 벨미르가 보였다.

"방금은 뭐야. 이제는 대충 뛰겠다 그거냐, 응?"

"아니, 그게 아니라 좀!"

퍽 재미있는 장면이었지만 포그바는 웃을 수 없었다. 저런 갈굼 뒤엔 더 나은 모습으로 돌아오는 걸 알기 때문이다.

경기가 계속 진행되었다.

맨 유는 굳이 중원에서의 빌드 업을 고집하지 않았다.

그럴 때는 풀백과 윙어들을 통해 측면을 이용했는데, 그중에서도 오른쪽 라인이 눈에 띄었다.

측면공격수로 나선 린가드는 매우 활발히 움직이는 선수다. 그의 폭넓은 활동량에 라이프치히 선수들이 애를 먹을 정도였다.

—측면에서 안쪽으로 파고드는 린가드! 안쪽에 루카쿠가 있습니다!

린가드가 라이프치히의 수비수들을 앞두며 라인을 탔다.

측면으로 빠지고선 크로스를 올리는 방법도 있지만, 루카쿠는 그 거대한 체구와 달리 헤딩을 잘하는 선수가 아니다.

'지금?'

'지금은 안 돼.'

루카쿠와 눈을 마주친 린가드가 고개를 저었다. 상대 센터백들이 자리를 잡고 있었다. 만약 패스를 줬다간 쉽게 차단되고 말 것이다.

곧 그를 쫓아온 브레노가 몸을 세트피스 태클을 걸었다.

—브레노의 거친 압박!

—하지만 휘슬이 울렸습니다! 좋은 곳에서 프리킥 찬스를 얻는 맨체스터 유나이티드!

다만 태클의 타이밍이 좋지 못했다.

공보다 발을 먼저 건드린 걸 놓치지 않은 주심이 휘슬을 불며 파울을 선언했다.

그라운드에 누운 린가드가 루카쿠의 손을 잡으며 일어났다. 곧 포그바를 비롯한 다른 선수들도 세트피스에 가담하기 위해 걸음을 옮겼다.

"누가 찰래?"

그 말에 맨 유 선수들이 서로의 얼굴을 보았다.

보통 맨 유의 프리킥을 전담하는 키커는 포그바였다. 그러다 상황에 따라 다른 선수들이 기습적인 슈팅을 날렸고.

무언가 상의를 한 선수들이 고개를 끄덕이며 자리로 돌아갔다. 키커 자리에는 포그바와 마티치가 남았다.

─두 명이 섰군요?
─마티치도 충분히 욕심을 내볼 상황입니다.

현재 공이 놓인 지점이 살짝 오른쪽이었기에, 왼발잡이인 마티치가 직접 슈팅을 때려보는 것도 나빠 보이진 않았다.

먼저 움직인 건 포그바였다.

그리고 한 박자 늦게 마티치가 그 뒤를 따랐다.

'마티치겠지?'

순간 라이프치히 선수들의 시선이 뒤따라오는 마티치에게

쏠렸다.

그 짧은 순간.

그때야말로 맨 유가 노리던 순간이었다.

페이크라 생각했던 포그바가 패스를 찔렀다. 하지만 그 방향이 이상했다.

페널티박스 안에 있는 선수를 노린 패스가 아닌, 페널티에어리어 바깥쪽으로 빠진 패스였기 때문이다.

—살짝 흘려진 패스, 아아! 공을 향해 뛰는 선수가 있어요!
—린가드으으!

그리고 그 패스를 향해 달리는 선수가 있었다. 측면공격수인 린가드였다.

선수들의 시선이 쏠렸을 때엔 이미 속도가 붙은 상황. 환상적인 오프 더 볼이었고, 환상적인 타이밍이었다.

페널티박스를 앞에 둔 린가드는 슛을 하는 대신 스루패스를 찔렀다.

낮고 강한 패스가 들어가는 것과 동시에, 골문을 향해 뛰어가던 뎀메가 몸을 던지며 슬라이딩태클을 시도했다.

올드 트래포드의 관중들이 순간 어떤 상황인지를 파악하기 위해 몸을 일으켰다.

와아아아!

동시에 엄청난 환호성이 경기장을 쩌렁쩌렁 울렸다.

—고오오올! 맨체스터 유나이티드의 환상적인 세트피스가 결국 골을 만들어냅니다!

—라이프치히의 자책골!

슬라이딩태클을 한 뎀메가 두 손으로 얼굴을 덮었다. 그에겐 끔찍한 기억으로 남을 밤이었다.

공을 걷겠다고 내민 발이, 도리어 골문 안쪽으로 꺾이는 계기가 되었으니까.

"괜찮아. 네가 아니었어도 먹혔을 거야."

라이프치히의 선수들이 그런 뎀메를 격려하며 몸을 일으켰다. 이건 맨 유의 세트피스를 예상하지 못한 그들 모두의 잘못이었다.

"만회하면 돼!"

주장인 오르반의 위로와는 달리.

이 골은 시작에 불과했다.

—골입니다, 골! 또다시 추가골을 기록하는 맨체스터 유나이티드!

—이걸로 세 골 차이입니다!

골을 넣은 린가드가 특유의 피리를 부는 셀레브레이션을 보여주었다. 상대 팀에겐 그렇게 얄미울 수가 없지만, 팬들에겐 너무나 사랑스러운 셀레브레이션일 것이다.

골을 먹힌 라이프치히 선수들은 고개를 들지 못하며 한숨을 쉬었다. 최악이다. 그것 말고는 떠오르는 게 없었다.

현재 스코어는 3 : 0.

자책골 이후에도 두 골을 더 먹혔다.

예상과는 달리 형편없이 무너져 버린 라이프치히였다.

두 번째 골은 첫 골이 들어가고서 몇 분 지나지 않았을 때였다. 기회를 엿보던 루카쿠가 한 골을 추가했다. 측면에서 공을 몰다가 때린 슈팅이 그대로 골이 되었다.

더 이상의 격차는 안 된다는 것처럼 라이프치히는 계속해서 맨 유의 골문을 두들겼다.

하지만 그들의 수비진은 상상 이상으로 견고했으며, 수문장인 데 헤아는 원지석에게 여전한 선방 실력을 보여주었다.

결국, 경기가 끝나기 직전 린가드가 극적인 추가골을 넣었다.

매우 좋은 위치 선정으로 자리를 선점하고서 때린 슈팅이 골 망을 흔들었다. 오늘 경기의 마지막 골이자 쐐기 골을.

―조금 의외의 결과네요. 분명 경기를 주도했던 건 라이프치히였거든요?

―네. 하지만 경기를 이긴 건 맨체스터 유나이티드군요.

분명 경기력은 라이프치히 쪽이 더 좋았다. 하지만 골을 넣지 못하면 의미가 없다.

맨체스터 유나이티드는 주어진 기회를 놓치지 않고 확실한 마무리를 지었다.

카메라가 원지석을 잡았다.

패장인 그는 굳은 얼굴로 입가를 매만졌다.

—무리뉴 감독이 정말 계획을 잘 짜뒀다는 생각이 들어요.

그 말처럼.

어쩌면 무리뉴는 쭉 원지석과 싸울 대비를 했을지도 모른다.

다시 만난 무리뉴는, 다시 찾은 올드 트래포드는 그가 알던 곳과 많이 바뀐 뒤였다.

"망할."

나직이 뱉어진 욕지거리는 올드 트래포드를 가득 울리는 응원가 소리에 조용히 묻혔다.

              *   *   *

「[키커] 라이프치히의 충격 패!」
「[BBC] 돌아온 스페셜 원! 안방에서 대승을 거둔 맨 유!」

충격 패.

다르게 표현할 말은 없을 것이다.

형편없이 무너진 것도 아니다. 라이프치히는 분데스리가에서 최고의 퍼포먼스를 보여주는 팀이고, 1차전에서의 경기력도 나쁘지 않았다.

그럼에도 무려 세 골 차이로 패배를 당하자 적지 않은 화제가 되었다.

기자회견에 나선 원지석은 담담히 패배를 인정했다.

"이 자리에서 이런 말을 하는 건 슬픈 일이지만, 이번 경기에선 맨 유가 더 강했습니다."

더 강한 팀이 이겼다.

그 말대로.

그거뿐인 경기였다.

"아직 기회는 남았어요. 2차전이 말이죠."

1차전에서 대패를 당했다고 이대로 무너지란 법은 없다. 그들이 한 것처럼 2차전에서 승리를 거두면 되는 게 아닌가.

「[스카이스포츠] 무리뉴, 이전 경기는 잊어야 한다」

승장인 무리뉴는 다가올 원정경기에 조심스러운 태도를 보였다.

RB아레나는 원지석의 부임 이후 원정팀의 무덤으로 불리는 요새다. 그런 곳에 가기 전부터 승리에 취한다면 좋지 못한 꼴을 볼 터.

서로가 준비할 게 많다.

그런 2차전이 마침내 다가왔다.

"손님 맞을 준비하자."

정장의 겉옷과 넥타이를 벗은 원지석이 와이셔츠만 입은 모습으로 중얼거렸다. 슬쩍 손목에 걸린 시계를 확인하니 시간이 되었다.

"......"

2차전을 앞두고 라이프치히는 고요했다. 폭풍이 오기 전의 들판처럼.

조용해 보이지만 그 안을 들여다보면 감정의 소용돌이가 무섭게 불타고 있었다. 승부욕, 분노, 호승심이 냉정이라는 껍데기에 가려졌다.

—세 골 차이라는 열세에도 RB아레나의 분위기가 매우 뜨겁습니다. 과연 반전을 이룰 수 있을지, 지금부터 알게 되겠군요.

—양 팀의 라인업입니다.

먼저 홈팀인 라이프치히는 꽤나 공격적인 선발 명단을 꺼냈다.

포백으로 브레노, 우파메카노, 히메네스, 브루마가.

중원에는 포르스베리, 세리, 벨미르, 자비처가.

최전방에는 베르너와 오귀스탱이 서며 442 포메이션을 완성했다.

—전문 풀백인 베르나르두가 빠지고 윙어인 브루마가 오른쪽

풀백으로 이름을 올렸네요?

—네. 가끔 쓰리백의 윙백으로서 뛴 적은 있어도, 포백의 풀백으로서는 처음입니다.

브루마가 머쓱한 얼굴로 코 밑을 문지르는 장면이 카메라에 잡혔다. 오늘 그의 움직임에 따라 라이프치히의 전술 역시 바뀔 것이다.

—원정팀인 맨 유는 수비적인 포메이션을 꺼냈습니다.

—쓰리백 전술을 꺼낸 건 이번 시즌에 있어서 처음이죠?

그 말처럼 무리뉴는 쓰리백을 꺼내며 안정적인 경기 운영을 노렸다. 이미 앞서고 있는 만큼 맞불을 놓을 필요가 없었다.

수비진으로는 로호, 바이, 필 존스가.

미드필더진에는 린가드, 포그바, 마티치, 맥토미니, 발렌시아가.

최전방에는 마샬과 루카쿠가 서며 352 포메이션을 만들었다.

왼쪽 측면에 선 린가드는 전문적인 수비수는 아니지만, 왕성한 활동량으로 팀에 도움을 줄 터였다.

「황소는 멈추지 않는다!」

RB아레나에 걸린 거대한 걸개.

그 문구를 물끄러미 보던 벨미르가 다시 그라운드를 보았다.

"가자."

37 ROUND
나쁜 놈들 전성시대

경기가 시작되었다.

사람들의 시선은 오늘 오른쪽 풀백으로 나선 브루마에게 쏠렸다.

예상하지 못한 변칙적인 전술, 거기다 새로운 포지션에서 뛰는 선수가 어떤 모습을 보여줄지 그들도 퍽 궁금한 모양이었다.

그리고 경기가 계속 진행되며 그가 어떤 역할인지 대충 감을 잡게 되었다.

─또다시 올라가는 브루마!

─마치 측면공격수 같은 움직임이군요!

브루마는 라이프치히 진영부터 맨 유의 진영까지 쉬지 않고 공을 운반했다.

사실상 팀의 오른쪽 측면을 책임지며 공격과 수비에 꾸준히 가담하는 모습을 보였다. 부족한 수비력은 동료들이 도움을 주었고.

맨 유의 왼쪽 측면을 담당한 린가드는 그런 브루마와 계속해서 부딪쳤다.

"끈질긴 새끼."

"너희가 할 말이냐?"

브루마의 투덜거림에 린가드가 어이없다는 듯 중얼거렸다.

라이프치히의 압박은 끈질긴 것으로 악명이 높았다. 굶주린 짐승들처럼 한번 문 걸 놓으려 하지 않았다.

왜 그런 말이 나오는지를 1차전에서 직접 체험한 린가드로선 한숨이 나올 소리였다.

그러면서도 공을 길게 차며 옆으로 빠지려는 브루마를 놓치지 않았다. 하지만 브루마가 조금 더 빨랐다.

—브루마가 폭발적인 속력으로 린가드를 따돌립니다!

린가드의 활동량을 주력으로 짓누른 그가 측면을 계속해서 돌파했다.

그러자 맨 유의 쓰리백 중 왼쪽을 담당한 로호가 조금씩 앞으로 나서며 공간 압박에 들어갔다.

왼쪽 풀백과 센터백을 겸할 수 있는 로호는 쓰리백의 왼쪽을 담당하기엔 최적의 선수였다.

　ー브루마의 상체 페인팅! 하지만 로호가 읽었어요!
　ー공을 뺏은 로호가 빠르게 패스를 보냅니다!

　라이프치히의 풀백인 브루마가 이런 높은 곳까지 올라왔다는 건, 그만큼 수비에 공백이 발생했다는 뜻.
　맨 유는 빠른 역습으로 그 빈 공간을 공략하려 했다. 역습의 중심이 된 선수는 역시나 포그바였다.
　로호의 패스를 받은 마티치는 주저 없이 강한 스루패스를 찔렀다.
　빈 공간을 뛰던 포그바가 반대쪽에서 교차해 오는 공을 보았다. 동시에 압박을 위해 달려오는 포르스베리도.

　ー공을 흘리며 크게 몸을 돌리는 포그바! 아주 화려한 턴이네요!

　라이프치히의 압박을 벗어난 포그바가 공을 길게 터치하며 빠르게 뛰었다.
　브루마가 서둘러 수비에 복귀하고 있지만 늦은 상황. 그의 시선이 라이프치히의 수비진을 훑었다.
　측면에 있던 브레노가 중앙으로 옮기며 수비 라인이 정립되는 게 보였다.

　—브레노가 안쪽으로 이동하며 세 명의 수비수가 자리를 잡았
군요? 쓰리백에 가까운 형태를 취한 라이프치히입니다.
　—브루마의 움직임에 따라 쓰리톱과 쓰리백으로 변형하는 전
술이네요.

　포그바의 패스가 차단되며 다시 한번 라이프치히의 역습 기
회가 찾아왔다.
　이번에도 브루마가 높이 올라가자 공격진에 변화가 생겼다.
베르너와 자비처가 왼쪽으로 빠지며, 쓰리톱과 같은 모양새를
갖춘 것이다.
　이러한 역할은 브루마의 체력적인 부담이 굉장히 클 수밖에
없다.
　하지만 그건 후반부에서 나타날 문제점이고, 지금으로선 굉
장히 효율적이었다. 바로 지금처럼.

　—브루마의 날카로운 얼리크로스가 페널티박스를 향해 휩니
다!

　이번에도 페널티에어리어까지 침투할 것을 대비해 로호와 린
가드가 미리 자리를 잡은 상황.
　하지만 브루마는 돌파 대신 강한 크로스를 올렸다. 공은 예

술적인 궤적을 그리며 휘었다.

자비처가 높게 점프하며 고개를 살짝 까딱거렸다. 헤딩슛을 하려는 게 아니다. 바로 옆에 있는 동료에게 떨궈주기 위해서였지.

왼쪽 측면에서 떨궈지는 공을 향해 달리는 선수가 있었다.

땅에 떨어지기 직전의 공을 오른발로 강하게 때리는 그 선수의 이름은.

—베르너어어어!

쾅!

매우 강하게 때려진 슈팅이 골문을 향했다. 바이가 엉덩이를 내밀며 막으려 했지만, 공은 이미 골 망을 강하게 흔든 뒤였다.

—고오올! 베르너의 대포알 같은 슈팅에 데 헤아 골키퍼가 꼼짝하지 못합니다!

—그 전에 있었던 브루마의 크로스와 자비처의 헤딩도 굉장히 좋았어요!

와아아!

아직 첫 골임에도 관중들이 엄청난 환호성을 터뜨렸다.

팬들의 환호성을 뒤로한 베르너가 공을 품에 안으며 서둘러 돌아갔다. 그러면서도 자비처와 하이 파이브 하는 걸 잊지 않왔다.

"좋았어."

"너도."

경기가 다시 재개되었다.

첫 골 이후 주도권을 잡은 라이프치히는 맨 유를 계속해서 밀어붙였다.

맨 유로선 두 골이란 여유가 있었기에 소극적인 태도를 취했다. 더군다나 그들의 감독인 무리뉴는 지극히 실리주의자이며, 동시에 수비 전술을 짜는 데 일가견이 있는 감독이다.

―다시 한번 자비처의 슈팅!

―미리 예상했던 필 존스가 몸을 날리며 막아내네요!

익숙하지 않은 쓰리백 전술일 텐데도 그들의 수비 라인은 쉽게 흔들리지 않았다.

확실히 잘 정돈된 쓰리백은 매우 단단했다. 더군다나 대부분의 선수들이 수비에 가담하니 틈이 보이지 않을 정도였다.

삐이익!

결국 전반전이 끝났다.

라이프치히 선수들이 라커 룸에 돌아왔다. 그들은 두 골이 부족한 상황임에도 자신감이 넘쳤다. 반드시 역전하겠다는 자신감이.

"몇 골 넣는지 내기나 할까."

"나는 세 골."

"나는 네 골로."

시답잖은 이야기를 나누던 선수들이 음료로 목을 축였다. 그러면서도 한 골이나, 골을 넣지 못한다는 사람은 없었다.

물론 역전을 하지 못할 수도 있다.

그럼에도 중요한 건 이기겠다는 의지, 즉 위닝 멘탈리티였다.

그때 선수들의 고개가 돌려졌다. 그들은 라커 룸 문을 열고 들어오는 원지석을 보았다.

그 뒤에 있던 케빈이 브레노가 마시던 음료 통을 빼앗자 다른 선수들이 웃음을 터뜨렸다.

"후반전부턴 브레노가 깊게 올라가며 공격에 가담할 거야. 포르스베리는 그 옆에서 도와주며 경기를 풀어주고."

몇 가지 바뀐 점을 지시한 원지석이 선수들에게 그 내용을 생각할 시간을 주었다.

그러면서 박스 안에 있던 물병을 하나 꺼내 뚜껑을 땄다. 쉬지 않고 소리를 질러서 그런지 목 안이 따끔따끔했다.

"감독님도 내기할래요?"

"뭐?"

세리의 말에 원지석이 무슨 소리냐는 듯 눈을 끔뻑였다.

"그냥, 몇 골 넣을지 내기하고 있었거든요."

슬쩍 화이트보드를 확인하니 이미 내기가 한창이었다. 잘하는 짓이다. 한숨을 쉰 원지석이 그 명단을 보았다.

두 골에 건 녀석들, 세 골에 건 녀석들… 그러던 그가 이상하다는 듯 입을 열었다.

"이건 뭐야, 다섯 골?"

딱 한 명.

다섯 골에 건 사람이 있었다.

원지석이 고개를 돌려 당사자를 보았다. 그 시선을 느꼈는지 벨미르가 얼굴을 구기며 되물었다.

"뭐."

*   *   *

후반전이 시작되었다.

라이프치히는 양 풀백을 높게 올리며 공격에 가담시켰다.

이는 곧 맨 유가 역습을 노리는 계기가 되었다. 라이프치히의 수비진이 얇아진 만큼 그들도 욕심을 내볼 상황이었기 때문이다.

카메라가 양 팀의 벤치를 잡았다.

두 명의 스페셜 원.

그들이 피치 위에 나란히 선 모습을.

―아, 양 팀 감독의 모습이군요.

―한때는 같은 벤치에 섰던 두 사람인데요.

사람들에게 묘한 감정을 느끼게 하는 장면이었다. 무리뉴가 처음 첼시에 입성할 시절, 그때는 그의 옆에 원지석이 있었다.

시간이 지난 지금.

원지석은 반대쪽 벤치에 홀로 섰다.

—축구란 게 이래서 재미있는 거 같아요.

사람들이 상념에 잠길 동안 경기는 점점 급박해지는 중이었다. 역습과 역습이 반복되며, 인파이터들의 복싱 경기처럼 서로를 신나게 두드렸다.

그리고 라이프치히가 다시 한번 기회를 잡았다.

먼저 중원에서 공을 몰고 달리던 세리가 크게 몸을 접으며 방향을 꺾었다.

세리를 마크하던 마티치가 따라서 몸을 돌리려 했지만, 예전 같지 않은 몸 때문인지 오히려 중심을 잃으며 뒤로 넘어지고 말았다.

—아! 라이프치히의 찬스예요!

—마티치가 넘어진 채로 태클을 시도하지만 닿지 않네요!

그럼에도 맥토미니와 린가드가 곧바로 공간 압박에 들어가 세리를 묶었다.

하지만 몸을 보낼 수는 없어도 공이 가기엔 충분한 넓이였다.

짧은 패스가 포르스베리에게 닿았고, 포르스베리는 뒤꿈치로 공을 흘리며 다시 세리에게 공을 되돌렸다.

맥토미니를 벗어난 세리가 페널티에어리어 앞에 있는 오귀스탱에게 낮은 패스를 찔렀다.

'그냥 찰까?'

오귀스탱은 그 공을 보며 고민에 빠졌다. 하지만 그의 뒤에 있는 바이와 필 존스를 생각하면 그리 좋은 생각은 아니었다.

"여기!"

그때 손을 들며 뛰는 자비처의 모습이 보였다. 린가드가 세리를 신경 쓰느라 자연스레 그를 향한 압박 역시 줄어든 모양이었다.

결국 오귀스탱은 욕심을 내는 대신 원터치 패스로 공을 슬쩍 옆으로 보냈다.

로호가 슬라이딩태클로 공을 걷어내려 했지만 살짝 늦었다. 아슬아슬하게 비껴간 공은 자비처가 슈팅을 하기 딱 좋게 흘렀다.

─자비처의 슈우우웃!!

─고오올! 골입니다! 환상적인 연계 끝에 골을 터뜨리는 라이프치히!

─이제 남은 건 단 한 골! 한 골뿐입니다!

와아아!!

골이 터지기 전까지의 연계를 숨죽이며 지켜보던 관중들이, 참았던 숨과 함께 엄청난 소리를 질렀다.

공을 주운 자비처가 카메라를 향해 검지 하나를 내밀었다.

한 골을 넣었다는 것과.

이제 한 골이 남았다는 제스처.

─맨체스터 유나이티드가 선수교체를 알립니다.

─공격수인 마샬이 빠지고 센터백인 스몰링이 들어가는군요?

무리뉴는 더 이상의 골은 허용하지 않겠다는 듯 공격수를 대신해 수비수를 넣었다.

이로 인해 맨 유가 역습에 나서는 장면도 사실상 나오지 않게 됐지만, 골문 앞은 더욱 든든해졌다.

멀리서 슈팅을 때린 슈팅이 수비벽을 맞고 나가자 벨미르가 탄식을 내뱉었다.

"시발."

"시간 없다. 빨리 들어가!"

이렇게 맨 유의 선수들이 수비적으로 나오고 있다고 해서 방법이 없는 건 아니다.

바로 세트피스가 있었으니까.

라이프치히의 선수들 역시 세트피스 공격을 위해 빠르게 뛰었다.

―또 선방하는 데 헤아!

―맨 유의 수문장이 마법 같은 선방을 보여줍니다!

EPL 최고의 골키퍼라는 별명은 괜히 나온 게 아니다. 데 헤아는 매우 위협적인 상황을 선방하며 더 이상의 골을 허용하지 않았다.

어느덧 시간은 90분.

라이프치히는 사실상 마지막 기회라 볼 수 있는 코너킥 찬스를 얻었다.

"다 올라가!"

원지석이 모든 선수들에게 손짓하며 고래고래 소리를 질렀다.

어차피 여기서 역습으로 한 골을 더 먹힌다 해도 상관없었다. 한 골을 넣지 못한다면 그대로 끝날 상황이었으니까.

결국 골키퍼인 굴라치마저 페널티에어리어 안에 들어가 세트피스에 참가하게 되었다.

―추가시간은 2분으로, 마지막 공격을 예감한 라이프치히가 모든 선수들을 올립니다.

―키커는 포르스베리군요.

손을 들며 준비가 됐다는 걸 알린 포르스베리가 발걸음을 떼었다.

몇 걸음의 도움닫기.

쾅 하며 쏘아지는 크로스.

헤딩 경합 끝에 공이 페널티에어리어 밖으로 튕겼다. 사람들
의 눈이 공에서 떨어지지 못했다.

왜냐하면.

벨미르가 그 공을 향해 뛰고 있었으니까.

─벨미르으으으!!

쾅!

힘이 가득 실린 중거리 슈팅이 쏘아졌다.

　　　　　*　　　　　*　　　　　*

강하게 때려진 슈팅을 보며 선수들의 반응이 엇갈렸다.

먼저 페널티박스 안에 있던 라이프치히 선수들은 머리를 숙
이거나 몸을 치웠다. 혹여 몸에 맞고 튕길까 방해가 되기 전에.

반대로 맨 유의 선수들은 등을 내밀거나 다리를 들며 공을
막으려 했다.

다 이긴 경기였다.

여기서 골을 먹히며 연장전에 들어간다는 최악의 경우는 생
각하고 싶지 않았다.

하지만 그들의 움직임보다 공이 더 빨랐다. 필 존스의 머리

를 아슬아슬하게 스친 슈팅이 골문 구석을 향해 쏘아졌다.

오늘 경기 내내 환상적인 선방을 보여준 데 헤아가 몸을 날렸다. 비록 두 골을 먹혔지만, 그의 선방이 아니었다면 족히 세 골은 더 들어갔을 것이다.

'늦었어.'

데 헤아의 얼굴이 구겨졌다.

손을 뻗어도 닿을 수 없다는 걸 깨달았다.

결국 그는 눈을 감으며 운명에 몸을 맡겼다.

텅!

하지만 골 망이 철썩이는 소리가 아닌, 무언가 둔탁한 소리에 데 헤아가 다시 눈을 떴다. 저 멀리 날아가는 공이 보였다.

―아아아!! 끝내 들어가지 않는 슈팅! 골대를 맞고 아웃되네요!

―그리고 휘슬이 울립니다! 결승전에 올라가는 팀은 바로 맨체스터 유나이티드!

슈팅이 아웃되는 것과 함께.

경기가 종료되었다.

두 골을 넣으며 따라붙은 라이프치히였지만, 결국 마지막 한 골을 넣지 못해 무릎을 꿇고 말았다.

맨체스터 유나이티드 선수들이 유니폼 상의를 벗으며 미친 듯이 소리를 질렀다. 그들에겐 기적 같은 순간일 터였다.

반대로 벨미르에겐 인생 최악의 순간이었다.

멍한 얼굴이 된 녀석은 고개를 돌리지 못했다. 그 끝엔 자신이 찼던 공이 바람에 흔들리고 있었다.

"시발."

떨리는 입술이 작은 욕지거릴 내뱉었다.

욕설은 한 번으로 그치지 않고, 계속 반복되며 거칠어져만 갔다.

"뭘 그렇게 화를 내냐."

그런 벨미르의 어깨를 잡는 손이 있었다. 슬쩍 고개를 돌리니, 언제 왔는지 감독인 원지석이 그의 뒤에 섰다.

"나 때문이야."

벨미르는 강한 책임감을 느꼈다. 동료들에게 뭐라고 할 필요가 없었다. 가장 한심한 녀석은 바로 거울을 보면 있을 테니까.

그 떨림을 눈치챈 원지석이 한숨을 쉬었다.

하여간 어른인 척하는 꼬맹이는 이래서 싫다.

"뭐가 너 때문이야, 인마."

원지석이 검지로 녀석의 이마를 꾹 눌렀다. 리버풀과의 경기가 끝났을 때처럼.

당시 칭찬을 원했던 벨미르의 바람과는 달리, 돌아왔던 건 원지석의 시큰둥한 대답이었었다.

"오늘 잘했다."

이번에는 달랐다.

지난번처럼 은근슬쩍 했던 말이 아닌.

눈을 마주 보고 하는 칭찬에 벨미르가 눈을 크게 떴다.

"때로는 패배에서도 큰 걸 얻을 수도 있지. 더군다나 너흰 아직 어려."

어리다는 건 경험이 부족하다는 것과 동시에, 앞으로 얼마든지 기회를 잡을 수 있다는 말이기도 했다.

만약 선수들이 무덤덤한 모습을 보였다면 원지석은 크게 화를 냈을 것이다.

하지만 고개를 돌리니 그럴 필요는 없어 보였다. 화를 내기보단 고생했다며 등을 두드려 줄 사람이 필요할 때다.

손을 뗀 원지석이 피식 웃으며 녀석의 머리를 헝클었다.

"그러니까 혼자서 끙끙거리지 마라. 선수 생활을 하다 보면 지금보다 더 힘겨운 일이 나올 테니까."

결국 언젠가는 오늘의 일을 웃으며 떠드는 날이 올 터였다.

등을 돌리고 걸음을 옮기던 원지석의 발걸음이 멈췄다. 그는 자신의 앞에 선 남자를 보았다.

이제는 완전한 백발로 뒤덮인 무리뉴를 보며 원지석이 볼을 긁적였다.

"결승에 올라간 걸 축하해요."

"고맙다는 말은 하지 않을 거야. 까딱하면 탈락할 뻔했거든."

퉁명스러운 그 말에 원지석이 웃었다. 이에 표정을 푼 무리뉴 역시 미소를 지으며 손을 내밀었다.

"잉글랜드 때와는 달라졌구나. 성장했어."

"경기를 이긴 사람이 그런 말을 하면, 굉장히 얄미워 보이는 거 알아요?"

"아니까 말하는 거지."

두 사람이 웃음을 터뜨렸다.

마치 그 시절처럼.

"만약에 말입니다."

만약에, 무언가를 말하려던 원지석이 이윽고 고개를 저었다. 쓸데없는 질문이란 걸 알기 때문이다.

무리뉴 역시 어떤 말이 나올지를 알고 있다는 것처럼 그의 어깨를 두드렸다.

"시즌이 끝나는 대로 라이프치히에 가지."

아마 그 손엔 와인이 들려 있을 것이다.

*   *   *

「[BBC] 결승에 올라선 맨체스터 유나이티드!」

「[키커] 두 골을 넣은 라이프치히, 끝내 탈락하다」

이로서 라이프치히의 챔피언스리그는 막을 내렸다.

두 번 연속 4강에 오르며 이제는 유럽의 강호로서 자리를 잡았다는 평가와 함께, 아무도 예상하지 못한 맨 유의 결승전에 놀란 반응이 따랐다.

무리뉴로서는 트레블을 기록했던 09/10 시즌 이후 첫 결승이며, 맨 유로서는 10/11 시즌 이후 첫 결승전이었다.

「[키커] 안티 풋볼? 거세진 버스 논란!」

한편 이번 2차전에서 무리뉴가 꺼낸 수비 전술을 비난하는 사람들도 적지 않았다.

그중에는 축구의 가치를 떨어뜨리는, 이른바 안티 풋볼이라는 말도 꺼내는 이들마저 있었다.

만약 맨체스터 유나이티드가 수비적인 전술을 꺼내지 않았다면 라이프치히가 승리했을지도 모른다.

만약에, 만약에.

"변명일 뿐이죠. 결국 강한 팀이 이긴 겁니다."

이런 기자들의 질문에 원지석이 한숨을 쉬며 답했다.

그들은 1차전에서 얻어낸 세 골을 가장 유용하게 썼을 뿐이다. 애초에 원지석 역시 상황에 따라 극단적인 수비 전술을 쓴 적이 있었고.

만약 1차전에서 확신이 있었다면, 그부터 진작 버스를 세웠을 것이다.

"여기서 떨어진 건 아쉽지만 아직 시즌은 끝나지 않았습니다. 두 개의 트로피가 남았죠."

현재 라이프치히가 우승할 수 있는 대회는 분데스리가와 DFB─포칼 컵이 있다.

분데스리가에선 앞으로 한 경기만 승리한다면 우승을 확정 짓는 게 가능하고, 포칼 컵에선 결승전만을 남겨둔 상황.

"이번에도 떨어질 생각은 없습니다."

자조적인 농담에 기자들이 웃음을 터뜨렸다. 그렇게 논란을 마무리 지은 라이프치히의 챔피언스리그가 정말 막을 내렸다.

「[키커] 또 한 번 왕좌에 오르다!」
「[빌트] 묀헨글라트바흐를 꺾은 라이프치히, 우승을 확정 짓다!」

그리고 마침내.
라이프치히는 두 번째 왕좌에 오르게 되었다.
기사에는 거대한 컵에 가득 채운 맥주를 서로에게 쏟는 선수들이 찍혔다.
아니, 서로라기보다는 조금 일방적인 구조였다. 대부분의 선수들이 벨미르에게 맥주를 부었으니까.
"덤벼!"
맥주에 홀딱 젖은 벨미르가 으르렁거리며 그들을 쫓는 것도 재미있는 장면이었다.

「[키커] 쾰른을 대파한 라이프치히!」
「[빌트] 드디어 마무리된 19/20 시즌의 분데스리가!」

남은 일정도 기분 좋게 마무리한 라이프치히였지만 바로 휴가를 떠나진 않았다.
5월 중순에 있을 DFB-포칼 컵 결승전을 대비해야 했기 때문이다.

결승전 상대는 나겔스만이 이끄는 호펜하임으로, 객관적인 전력으로는 라이프치히가 우세한다는 평가가 지배적이지만 우습게 볼 수는 없다.

전에 있던 준결승전에서 호펜하임은 좋은 경기력과 함께 도르트문트를 눌렀다. 이변이라면 이변일 결과였다.

「[키커] 호펜하임을 경계하는 원지석」

"나겔스만은 그들의 팀을 훌륭히 이끌었습니다. 호펜하임이 도르트문트를 어떻게 이겼는지는 굳이 말을 하지 않아도 될 거라 생각해요."

"이번 경기에서도 주전들이 아닌 유망주들이 출전할까 궁금한 사람들이 많습니다. 어떻게 하실 생각인가요?"

한 기자가 손을 들며 물었다.

그 말처럼.

원지석은 지금까지 포칼 컵에서의 모든 경기를 2군 선수들과 유망주로 이루어진 스쿼드로 짰다.

그리고 그 선수들의 힘으로 결승전까지 올라온 지금, 과연 감독인 원지석이 어떤 선택을 내릴지 궁금한 모양이었다.

팬들 중에는 확실한 주전을 내보내 트로피를 따내야 한다는 의견도 적지 않았다. 최대한 좋은 성적으로 시즌을 마무리하고 싶어 하는 건 모든 사람들의 바람일 테니까.

"바뀔 건 없습니다. 그 선수들에게 기회를 줬고, 그 기회를 잡은 건 다른 이들이 아닌 그들이니까요."

혹여 오해가 생길까 싶어 원지석은 뒷말을 덧붙였다.

"그렇다고 호펜하임을 우습게 보는 건 아닙니다. 제 선수들을 믿는 거죠."

만약 진다고 해도 변명할 생각은 없었다.

그 예고대로.

라이프치히는 DFB—포칼 컵에 로테이션 멤버들과 유망주들을 채운 라인업을 발표했다.

시즌 초반까지만 하더라도, 여기에 낀 유망주들이 1군에 자리를 잡을 거라 생각한 사람은 많지 않았다.

하지만 브레노와 벨미르, 그리고 오귀스탱은 이제 확실한 1군 팀이다.

특히 벨미르는 중원에 없어서는 안 될 핵심 선수가 되었다. 사실 그들이 포칼 컵의 결승전까지 올라선 것도 그의 몫이 컸다.

─벨미르의 고오오올!
─첫 골을 어시스트했던 그가 직접 골을 터뜨립니다!

멀리서 때린 슈팅이 그대로 골이 되자 벨미르가 소리를 지르며 팬들을 향해 뛰었다.

라이프치히의 팬들 역시 그들 앞에서 포효하는 벨미르를 보며 엄청난 환호로 답했다.

현재 스코어는 2 : 0.

풀백으로 나선 브레노가 선제골을 터뜨렸고, 후반전이 시작되자마자 벨미르가 추가골을 넣었다.

그들은 사람들의 우려에도 불구하고 호펜하임을 유린하는 중이었다.

특히 오귀스탱의 분발이 눈에 띄었다.

이번 시즌 분데스리가에서 호펜하임을 상대로 아무것도 하지 못했던 그는, 비록 골을 넣진 못하더라도 수비 라인을 휘젓는 활약을 보였다.

삐이익!

―경기가 끝납니다! 라이프치히가 분데스리가에 이어서 DFB―포칼 컵에서도 우승컵을 드는군요! 더블입니다!

―첫 DFB―포칼 컵 트로피를 따내는 라이프치히!

지난 시즌엔 너무 일찍이 떨어졌던 포칼 컵인 만큼, 그 기쁨이 큰 트로피였다.

특히 트로피를 드는 유망주들의 얼굴은 웃음꽃이 활짝 폈다. 그런 녀석들을 보는 원지석도 미소를 지우지 못했다.

지난 시즌과는 너무나 다른 결과.

그만큼 유망주들의 성장 속도가 빠르다는 이야기일지도 몰랐다.

「[키커] 더블을 기록한 라이프치히!」
「[키커] 19/20 시즌 후반기 랑리스테 발표」

시즌의 총결산이라 할 수 있는 후반기 랑리스테가 발표되었다.

두 개의 트로피를 따낸 라이프치히로선 꽤나 많은 이름을 올렸는데, 전반기에는 없었던 선수들이 이름을 올린 게 눈에 띄었다.

브루노 페레이라.

K—7.

비록 IK 등급을 받지 못했다고 하더라도 낙담할 건 아니었다. 분데스리가에서 7번째로 잘했다는 평가였으니까.

이번이 처음 유럽에 데뷔한 시즌이란 걸 감안하면, 매우 좋은 데뷔 시즌이라고 봐도 좋았다.

벨미르 노바코비치.

IK—3.

라이프치히 중원의 사령관.

전반기 랑리스테에선 IK—5를 받았던 벨미르는 본인의 순위를 더욱 높였다.

비록 최고의 수비형미드필더로 뽑히지 못했다고 하더라도, 파격적인 데뷔 시즌이었다.

"중원의 사령관이라."

키커지의 코멘트를 본 원지석이 웃었다.

사령관이 맞긴 했다.

참 지랄 맞은 사령관이라 문제지.

그때 주머니에서 느껴진 진동에 스마트폰 화면을 확인한 그가 눈을 크게 떴다.

"양반은 못 되는군."

벨미르가 보낸 메시지였다.

그 내용을 확인한 원지석이 고개를 갸웃거렸다.

[랑리스테 봤어. 분하지만 인정할게.]

'뭘 인정한다는 거지?'

곰곰이 생각하던 원지석이 시즌 초반에 있었던 일을 떠올렸다. 그러고 보니 녀석과 내기를 했었지.

감독의 말을 따르는 대신, 만약 언론에서의 평가가 좋지 못하면 자기 맘대로 하겠다는.

분명 녀석의 평가는 올랐다. 그런 생각을 할 때 벨미르에게서의 메시지가 하나 더 도착했다.

[다음 시즌도 잘 부탁한다고, 감독님.]

원지석이 피식 웃었다.

*　　　　*　　　　*

시즌이 끝나며 휴가가 시작되었다.

사람들은 고향으로 돌아가거나, 아니면 일찍이 여행을 떠났다.

벨미르와 브레노는 전자였다. 고향으로 돌아간 둘은 금의환향이 무엇인지 SNS를 통해 알렸다.

후자로는 케빈을 꼽을 수 있었다. 지난번처럼 어디론가 끌려갈까 바로 비행기를 탔는데, 듣기로는 하와이에서 돌아오지 않을 생각이라고 한다.

—하와이 최고야!

꽃 남방과 함께 찍은 케빈의 영상 편지를 무심하게 끈 원지석이 어깨를 으쓱였다.

굳이 저 두 경우가 아니더라도 라이프치히에 남아 시간을 보내는 사람도 있었다. 원지석은 이쪽에 해당했다.

평소라면 으레 그렇듯 런던으로 돌아갔을 것이다. 아니면 아버지를 보러 한국에 가거나.

"원? 무슨 일 있나요?"

"아니요, 스팸메일이 좀."

케빈의 메시지를 저질 광고로 치부한 원지석이 스마트폰을 소파 위로 던졌다.

턱을 괴며 남편을 바라보던 캐서린이 이를 드러내며 웃었다.

말은 저렇게 해도 둘의 사이가 퍽 친하다는 걸 알기 때문이다.

"몸은 괜찮아요?"

"네. 아빠가 옆에 있어서 그런가?"

그렇게 말한 캐서린이 본인의 배를 살며시 쓰다듬었다. 임신 5개월. 이제는 제법 커진 배가 새로운 생명을 담았다는 걸 알렸다.

원지석이 그녀의 뒤로 돌아가 그 손을 겹쳤다.

여기에 그들이 거둘 사랑의 결실이 있다.

"여행을 가지 못해 아쉽진 않아요?"

"가끔은 이런 것도 좋네요."

그 말에 배시시 미소를 지은 그녀가 입을 맞추었다. 짧은 입맞춤이 몇 번 이어지고 부부는 다시 서로를 보았다.

이번 휴가 동안 둘은 어딘가를 여행하는 대신 집에서 휴식을 취할 생각이었다. 서로의 곁에 있기로.

띵동.

그때 들린 초인종 소리에 캐서린이 눈을 크게 떴다. 누가 올지 알고 있는 모양이었다.

"엄마!"

"캐시!"

문을 열자마자 캐서린의 어머니인 테일러가 딸을 꽉 껴안았다. 한 달 전과는 또 달라진 배를 보며 기특하다는 듯 그녀를 쓰다듬었다.

"괜찮니? 뭐 불편한 건 없고?"

"괜찮다니까."

몸을 탐색하듯 요란을 떠는 어머니를 보며 캐서린이 쓴웃음을 지었다.

그때 테일러의 뒤에서 헛기침을 하는 소리가 들렸다. 아버지인 알렉스와 동생인 앤디가 함께 온 거였다.

"아빠! 앤디! 어서 와!"

"몸은 괜찮아 보이는구나."

"이건 선물이야, 누나."

앤디가 손에 가득 들고 있던 쇼핑백들을 내밀며 들어가고 싶다는 의견을 피력했다. 안에 들어간 그들은 원지석과 인사를 나눈 뒤 소파에 앉았다.

요크 부부는 라이프치히에 차린 신혼집에 몇 번 왔으니 익숙했지만, 처음 온 앤디는 신기하다는 듯 이곳저곳을 둘러보았다.

'차분하네.'

화려하지도 삭막하지도 않다.

무언가 사람이 편히 쉴 수 있게 짜인 인테리어였다.

그러는 사이 테일러가 사온 물건들을 하나하나 꺼내며 어디에 쓰는 물건인지를 설명했다. 그 많은 물건들이 다 유아용품이라는 건 놀라웠지만.

"엄마, 조금 이르지 않을까?"

"그럼 이건 어떠니?"

이런 상태의 테일러는 말릴 수 없다는 걸 알기에 알렉스가 조용히 고개를 저었다.

캐서린의 출산 예정은 10월에서 11월쯤으로 잡혔다. 그때 가서 상황을 봐야 알겠지만, 그리 긴 시간은 아니다.

"아이 이름은 정했니?"

"생각해 둔 것들은 있지만 정하진 않았어."

모녀가 그런 대화를 나눌 때 원지석은 앤디의 고민을 들어주고 있었다. 역시나 축구에 대한 이야기였는데, 조금 복잡한 문제이기도 했다.

"에이전트가 자꾸 팀을 옮기는 게 어떠냐고 보채는 중이에요."

"그 사람들은 그래야지 수수료를 챙기니까."

앤디는 최근 구단과 의도치 않은 마찰을 겪는 중이었다. 본인의 의지보단 에이전트의 입김이 컸다.

에이전트는 새로운 계약을 통해 나오는 수수료에서 이득을 얻는다. 앤디 같은 선수의 계약이라면 분명 엄청난 돈이 들어올 터였고.

"처음에는 그런 사람 같지 않았는데."

"너는 어떻게 하고 싶은데? 팀을 떠나고 싶어?"

"아뇨… 굳이 그러고 싶진 않아요. 이번에 새로 받은 재계약 조건도 솔직히 나쁘지 않거든요."

그럼 문제 될 게 있겠는가.

원지석은 시큰둥하게 대답했다.

"적당히 말을 해도 계속 고집을 부린다면, 해고해."

"네?"

굉장히 직접적인 말에 앤디의 몸이 움찔거렸다. 솔직히 말해 정이 들었다고 해야 할지, 축구 외적인 부분에선 모질지 못한 앤디였다.

"딱히 틀린 말은 아닌 거 같구나."

옆에 있던 알렉스도 고개를 끄덕이며 거들었다. 이런 전례는 가급적 만들어지지 않는 게 좋았다.

"결국 에이전트는 선수의 대리인일 뿐이야. 아니, 선수를 조종하려는 순간부터는 대리인도 아니지."

잔인한 말이었다.

하지만 지금 앤디에게 필요한 말이기도 했다.

실제로 원지석은 대리인에게 모든 걸 맡겼다가 선수 생활 망친 케이스를 여럿 보았다. 그중에는 앞날이 창창했던 유망주도, 정상을 향해 달리던 선수도 있었고.

"생각해 볼게요."

조언을 받아들인 앤디가 힘겹게 고개를 끄덕였다.

우선은 팀에 남겠다는 확실한 의지부터 전해야겠지. 앤디가 그런 생각을 하던 중 원지석이 슬쩍 옆구리를 찌르며 물었다.

"그래서 그때 그 모델이랑은 잘 되어가?"

"모델? 누구요?"

"그때 초대된 파티에서 만난 사람 말이야. 기사에도 나왔던."

어리둥절해하던 앤디의 얼굴이 굳었다. 동시에 무표정하던 알렉스의 눈이 빛났다.

"피임은 꼭 해라. 손주는 아직 한 명으로 족해."

"아빠!"

당황한 앤디가 빽액 소리를 질렀다.

이후 정말 우연히 만나 사진을 찍은 것뿐이며, 이후에도 연락 한 번 없었다고 해명하는 데 오랜 시간이 걸렸다.

대화를 대충 마무리 지은 앤디가 마침 떠올랐다는 듯 원지석을 보며 물었다.

"라이프치히 이적 시장은 어때요? 계획은 있나요?"

"응?"

그 물음에 찻잔을 들던 원지석의 손이 멈칫했다.

라이프치히의 이적 시장이라. 괜히 입속이 떫어진 그가 한숨을 쉬었다.

왜냐하면.

「[키커] 라이프치히의 엑소더스?!」
「[빌트] 공중분해될 위기에 놓인 라이프치히!」

그들 역시 그리 좋은 상황은 아니었으니까.

*　　　　*　　　　*

아직 이적 시장이 열리지 않았음에도 구단들의 물밑 작업은 치열했다.

「[마르카] 자비처를 노리는 레알 마드리드!」

「[스카이스포츠] 맨 유의 관심을 받는 티모 베르너!」

하지만 결국 어디선가 소식을 흘리게 마련이라, 기자들 역시 그 냄새를 맡았다.

「[키커] 또다시 먹잇감이 된 라이프치히!」

사실 라이프치히의 선수들은 이적 시장마다 꾸준히 거대 클럽들과 링크가 되었다.

이를 감독인 원지석의 반대와 설득으로 무마했지만, 이번에는 조금 다르다. 다른 구단들의 관심이 굉장히 끈질겼기 때문이다.

"너무 잘한 게 문제라니."

태블릿으로 자료들을 확인하던 원지석이 한숨을 쉬었다.

거대 구단들이 당장 내 지갑에서 돈을 가져가고, 선수를 내놓으라는 건 그럴 이유가 있었다.

바로 챔피언스리그에서의 성적이다.

두 번 연속으로 오른 준결승전.

그건 선수들에게 붙었던 유망주 꼬리표를 뗐다.

앞으로 성장 가능성이 큰 유망주와, 유럽 대항전에서 자기 가치를 증명한 선수의 차이는 크다.

그들이 원하는 건 후자였다.

돈이 더 들더라도 팀의 미래를 맡길 선수를 원했다.

「[BBC] 라이프치히의 스타들을 위해 엄청난 돈을 지불할 우드워드!」

에드 우드워드.

맨 유의 부회장이자 단장으로, 팀의 재정과 관련해 엄청난 능력을 보여준 사람이었다.

거기다 한 번 노린 선수는 비싼 돈을 치르면서도 영입하는 단장이기도 했다.

그런 우드워드가 라이프치히의 선수들을 노렸다. 계기는 역시 맨 유와의 챔피언스리그였고.

당시 라이프치히와의 경기에서 감명을 받은 맨 유의 보드진들은 다가올 시즌을 준비하며 일찍이 영입 계획을 짠 모양이었다.

"포그바와 루카쿠를 주면 생각해 보죠."

괜히 시간 버리지 말고 포기하라는 이야기였다. 그런데도 맨 유는 계속해서 이적 제의서를 보냈다.

아니, 맨 유만이 아니다.

같은 EPL의 맨체스터 시티, 리버풀, 심지어 원지석의 친정 팀인 첼시마저도 라이프치히의 선수들에게 군침을 흘렸다.

그 밖에도 수많은 팀들이 보내는 팩스를 종이 분쇄기로 갈

왔지만 끝이 없었다.

"노이로제 걸리겠네."

분쇄기가 돌아가는 소리에 케빈이 얼굴을 구겼다. 뭔 놈의 팩스가 하루 종일 오는지.

다행인 건 선수들 사이에서 큰 동요는 일어나지 않은 듯했다. 구단이 자신을 팔기 전까진 팀에 만족한다는 이야기일 것이다.

「[오피셜] 아시아 투어 일자가 확정된 라이프치히!」

한편 라이프치히의 프리시즌 일정이 발표되었다. 그들은 먼저 일본, 한국, 중국을 순서대로 거치며 투어를 할 계획이었다.

이제 마케팅을 독일만이 아닌, 세계적으로 뻗어가려는 점에서 아시아는 최적의 장소였다.

바로 아시아에서 절대적인 인기를 끄는 원지석 때문이었다.

거기다 마지막으로 찾을 중국은 세계에서 가장 거대한 시장 중 하나다. 라이프치히로서는 이 참에 새로운 시장을 개척할 필요가 있었다.

J리그 올스타와 친선경기를 치른 라이프치히는 이어 한국으로 떠났다.

와아아!

그들이 공항에 들어오는 것과 동시에 엄청난 환호성이 터졌다.

선수들은 공항에 몰린 엄청난 인파를 보며 깜짝 놀란 얼굴이 되었다. 일본에 도착했을 때와는 너무나 다른 반응이었기 때문이다.

"베르너!"

"브레노 귀여워요!"

심지어 이 머나먼 땅의 사람들이 그들의 이름마저 연호하자 선수들이 웃으며 손을 흔들었다.

"이 정도였어?"

"뭐 그렇죠."

어깨를 으쓱인 원지석이 공항을 빠져나갔다. 만약 사적인 일이라면 사람들이 없을 시간에 왔겠지만, 이건 마케팅이다.

최대한 화려하게.

그는 그 말을 충실히 따랐다.

오늘 한국의 SNS는 서울 길거리를 돌아다니는 라이프치히 선수들로 도배가 되었다. 갑작스러운 주목에 녀석들의 어깨도 한껏 올라간 상태였고.

물 들어올 때 노 젓는다고, 라이프치히는 이런저런 행사에 얼굴을 비추었다.

확실히 감독인 원지석의 고향이라 가장 많이 신경을 쓴 티가 났다.

"시발, 내가 지금까지 먹은 건 치킨이 아니었어."

닭다리를 뜯은 케빈이 황홀한 얼굴로 중얼거렸다. 다만 맥주를 마실 땐 떨떠름한 얼굴을 숨기지 못했다.

「[스포츠 코리아] 한식을 즐기는 라이프치히!」

「[스포츠 코리아] 라이프치히와 무승부를 거둔 K리그 올스타!」

그들이 한국 식당에서 밥을 먹는 모습은 SNS에서도 적지 않은 화제가 되었다.

그렇게 새로운 팬들을 확보하고, 확실한 팬 서비스를 보여준 라이프치히는 K리그 올스타와의 친선전마저 끝내며 한국을 떠나게 되었다.

마지막 장소는 중국.

사실 보드진이 가장 기대하고 있을 곳이기도 했다.

친선경기를 앞두고 있던 원지석은 중국 언론들과 기자회견을 가지게 되었다. 지금까지 아무런 문제가 없던 투어에서, 문제가 생긴 것도 이때였다.

"중국 리그나 중국 국가대표팀은 언제 맡으실 거죠?"

느닷없이 들어온 황당한 질문에 원지석이 얼굴을 구겼다. 그들의 태도가 적잖이 무례했기 때문.

하지만 이어지는 질문에 비하면 아무것도 아니었다.

"당신이 사실 중국인이라는 말은 진짜입니까?"

결국 참다못한 원지석이 대답했다.

"그게 무슨 개소리입니까?"

*   *   *

사실 유럽에선, 아니, 한국에서도 잘 모르는 이야기지만, 중국에선 알음알음 퍼져 나간 루머가 있다.

바로 원지석이 중국인이라는 루머가.

시작은 한 캐스터의 입에서 나온 말이었다. 챔피언스리그를 중계하던 그는 화면에 잡힌 원지석을 보며 이렇게 말했다.

—지금 보이는 원 감독은 중국 출신입니다. 곧 중국 국가대표팀의 지휘봉을 잡을 거라는 이야기가 있어요.

이게 시작이었다.

다른 사람도 아닌, 매우 큰 입지를 자랑하는 관영 방송의 캐스터가 한 말이었기에 파급력은 적지 않았다.

물론 대부분의 사람들은 그 말을 헛소리로 치부했다. 문제는 그걸 그대로 받아들인 사람들이다.

헛소리로 치부한 사람들에 비해 적은 편이라 해도, 워낙 사람이 많은 나라이다 보니 그 수를 무시할 수가 없었다.

중국 리그나 중국 국가대표 감독으로 자꾸 연결되는 것도 이 루머와 관련이 있는 모양이었다.

"뭐 하는 놈이야?"

"그쪽 애들이지. 하여간 쪽팔리게."

몇몇 중국 기자들이 질린다는 얼굴로 고개를 돌렸다. 왜 부끄러움은 그들의 몫인가.

그 질문을 꺼낸 사람은 타블로이드지들 중에서도 최악의 평가를 받는 곳의 기자였다. 아마 루머를 널리 퍼뜨린 장본인이기도 할 것이다.

그럼에도 뻔뻔스럽게 얼굴을 내밀다니, 남다른 얼굴 가죽에 다른 기자들이 혀를 내둘렀다. 당사자만 모르는 기묘한 인터뷰였다.

'짜증 나는군.'

분위기를 읽은 원지석이 한숨을 쉬었다.

자세한 사정을 알지 못하더라도, 그 의도가 노골적이었기에 굉장히 불쾌한 상황이었다.

"숨겨진 조국이 있다는 건 이 자리에서 처음 듣네요."

원지석은 꼬투리를 잡히지 않도록 답했다.

여기서 화를 내봤자 그들의 먹잇감이 될 뿐이다. 구단의 마케팅적으로도 좋지 않았고.

그렇게 다시 무난한 인터뷰가 시작되었다. 중국 리그, 관심 있게 지켜보는 선수 등등.

하지만 중국 출신 루머를 꺼냈던 그 기자가 다시 입을 열며 분위기가 싸하게 가라앉았다.

"왜 대국의 뿌리를 부정하는 거죠?"

"하아."

결국 원지석이 한숨을 내쉬었다.

한계였다.

옆에 있던 라이프치히 선수들이 감독의 눈치를 살폈고, 통역 근처에 있던 관계자들은 서둘러 무언가를 알렸다.

"저는 한국인입니다. 바뀔 건 없죠. 대국의 뿌리가 뭔지는 모르겠는데, 이거 하나만은 확실히 알겠군요."

몸을 벌떡 일으킨 원지석이 그 기자를 노려보았다. 그러고는 씹어먹을 듯이 중얼거렸다.

"당신 같은 인간이 중국 축구계를 좀먹는다는 걸."

그 말을 끝으로 원지석이 떠났다.

기자회견은 그대로 끝나고 말았다.

「[CCTV] 화를 내며 퇴장한 원지석!」

「[익스트림 차이나] 무례한 한국인, 미친 것인가?」

원지석의 기자회견은 대서특필되며 적지 않은 화제가 되었다. 역시 그들은 자극적인 제목과 조미료 대신 상상을 첨가하며 사람들의 이목을 끌었다.

기자 하나만을 비판했으니 이 정도에서 그쳤지, 만약 꼬투리를 잡혔다면 걷잡을 수 없었을 것이다.

물론 모든 언론들이 그런 건 아니다. 당시 상황을 정확히 알리는 곳 역시 있었다. 그럼에도 논란은 쉽게 가라앉지 않았지만.

「[베이징 풋볼] 올스타 팀을 무참하게 박살 낸 라이프치히!」

라이프치히는 중국 슈퍼 리그의 올스타 팀을 상대로 7골을 넣으며 막강한 화력을 과시했다.

역시 논란의 기자회견이 있던 만큼 관중들의 응원은 올스타 팀을 향했다. 라이프치히 선수들이 공을 잡을 땐 야유가 쏟아질 정도였다.

"넌 노후 준비로 중국은 못 가겠다."

엄청난 야유 소리에 케빈이 원지석의 옆구리를 쿡쿡 찌르며 웃었다. 미운털이 아주 콱 박힌 모양이었다.

"상관없어요. 어딜 가든."

원지석은 어깨를 으쓱이며 그라운드를 보았다. 감독인 그의 눈치를 봐서 그런지, 프리시즌인데도 생각보다 열심히 뛰는 모습이 보였다.

'그나마 다행인가.'

경기가 시작하기 전 보드진이 보낸 메시지가 떠올랐다. 다행히 더 큰 문제가 되진 않을 거라는 내용을.

그들의 입장에선 심장이 철렁였을 것이다. 까딱 불매운동이 일어났다면 매우 큰 손해를 봤을 테니까.

「[빌트] 프리시즌을 진행 중인 라이프치히」

아시아 투어가 끝났다고 해서 프리시즌이 끝난 건 아니다. 그들은 이후 몇 번의 친선경기를 더 가지며 컨디션을 끌어올렸다.

「[키커] 원지석의 새 선수는 누구?」

한편 라이프치히가 새로운 선수로 누굴 영입할지 또한 많은 추측이 오갔다.

지금까지 라이프치히는 이적 시장에서 큰 움직임을 보이지 않았다.

원지석은 새로운 영입보단 기존의 선수들을 성장시키는 데 힘썼고, 랄프 랑닉은 유망주들을 발굴하는 데 힘을 쏟았다.

그런 결과.

지금 라이프치히에겐 어마어마한 이적 자금이 쌓였다.

"돈을 낭비하기 위한 영입이라면 됐어요."

보드진과의 회의에서 원지석은 자신의 뜻을 분명히 밝혔다. 새 선수가 필요하긴 하다. 하지만 그게 충동적인 구매라면 선수나 구단에게나 모두 좋지 않은 선택일 터.

"하지만 보강을 해야 된다는 목소리는 점점 커지고 있죠. 어차피 새로운 보강이 필요하긴 합니다."

"알고는 있어요. 알고는 있는데."

영입 리스트들을 보며 원지석이 앓는 소리를 냈다. 여기서 누굴 영입해야 잘 영입했다고 소문이 날까?

이제 라이프치히에서 세 번째 시즌이다. 그의 선수들은 매우 높은 성장을 이루었으며, 반대로 기대만큼 성장하지 못한 선수도 분명 있다.

앞으로의 분데스리가를 위해.

그리고 빅이어를 들기 위해서라도.

더 뛰어난 퀄리티를 가진 선수를, 비싼 값을 지불해서라도 데려와야 한다는 의견이 점점 커지는 중이었다.

"그때랑은 상황이 달라졌어요."

랄프 랑닉이 턱을 쓰다듬으며 말했다.

그 말대로였다.

원지석이 처음 올 때와 지금의 라이프치히는 다르다.

이제는 두 개의 마이스터샬레와, 챔피언스리그에서의 호성적으로 팀의 위상도 확실히 바뀌었다.

즉, 슈퍼스타들의 구미를 당길 팀이 되었다는 소리다. 원지석이 우려하는 것 역시 이 부분이었다.

"과시 욕구로 인한 영입이라면 사지 않는 것만 못할 겁니다."

명성이 아닌 필요한 선수를 사야 했다.

이 말에 랄프 랑닉 역시 고개를 끄덕였다.

"조만간 리스트를 간추려서 올리도록 하죠."

＊　　　　＊　　　　＊

「[키커] 팀을 떠나게 되는 카이저」

팀의 베테랑 미드필더인 도미티크 카이저가 새 팀을 찾아 떠났다.

계약기간이 만료된 그는 더 이상 재계약을 하지 않겠다는 뜻을 밝혔다.

지난 시즌부터 팀 내 입지가 대폭 줄어든 카이저는 새로운 도전을 택했다. 구단과 팬은 앞으로의 행운을 빌며 그를 보내 주었다.

「[빌트] 이적설에 흥분하는 황소들」
「[빌트] 이탈리아의 스타들을 노리는 라이프치히?」

현재 라이프치히는 몇 명의 유망주만을 영입한 상황이었다. 그런 때에 굵직한 이적설이 던져졌다.

주인공은 라치오의 루이스 알베르토와 인테르의 마우로 이카르디였다.

두 선수 모두 공격수이며, 베르너와 주전 경쟁을 벌이기 위한 선수들이라는 추측이 나왔다.

「[빌트] 이적에 긍정적인 알베르토?」
「[빌트] 이카르디, 흥미로운 이야기지만 팀에 집중한다」

한편 선수들의 반응 역시 나쁘지 않았다. 그들 역시 원지석이라는 감독의 명성, 그리고 점점 성장하는 라이프치히를 보며 관심이 생긴 듯했다.

"두 선수는 좋은 선수죠. 하지만 아직 추가적인 영입 계획은 없습니다."

원지석은 조심스러운 태도를 보였다.

물론 이적설 자체는 틀린 이야기가 아니다.

실제로 영입 리스트에서 검토된 선수 중 저들이 있었으니까. 하지만 그걸 굳이 말할 필요는 없었다.

「[키커] 드디어 시작된 분데스리가!」
「[키커] 팀의 이적 정책에 불안해하는 라이프치히 팬들」

시즌이 시작되었다.

라이프치히는 아직까지 몇 명의 유망주들 말고는 이렇다 할 영입 소식이 없었다.

물론 지난 시즌의 벨미르나 브레노 역시 그런 평가를 받으며 입성했지만, 항상 유망주가 터질 거란 생각은 하지 않는 게 좋았다.

「[키커] 샬케를 격파한 라이프치히!」
「[키커] 브레멘을 상대로 멀티골을 기록한 베르너!」

그런 불안과는 별개로 라이프치히의 시작은 순조로웠다. 보통 새로운 경쟁자가 없으면 도태되는 선수들이 있지만, 그들의 감독은 원지석이다.

브레노와 벨미르의 경우에서 볼 수 있듯.

그의 팀엔 확실한 주전도, 확실한 후보도 없다.

자신의 가치를 증명할 기회는 계속해서 주어진다. 이번에 새로 영입된 유망주들 역시 그럴 터였다.

「[빌트] 승리에 굶주린 황소들!」

쾰른과의 경기에서 크게 승리한 날, 빌트는 라이프치히 선수들을 그렇게 표현했다.

한편 슬럼프 없이 꾸준히 폼을 유지하는 선수들을 보며 원지석의 선수 관리 능력이 극찬을 받았다. 치트 키를 쓰는 게 아니냐는 말이 나올 정도로 말이다.

「[키커] 샤흐타르를 대파한 라이프치히!」
「[키커] 유럽을 달리는 황소들!」

라이프치히의 무서운 기세는 분데스리가에서 멈추지 않았다.

챔피언스 조별 예선에서도 무시무시한 퍼포먼스를 보이며, 이제 유럽의 모든 팀들이 그들을 만나는 걸 꺼리게 되었다.

그러던 중.

조별 예선 4차전이 끝난 뒤의 일이었다.

기자들은 감독이 아닌 케빈이 믹스트 존에 들어오는 걸 보며 고개를 갸웃거렸다.

"원은 지금 매우 바쁠 상황입니다."

이를 드러내며 웃은 케빈이 이어 말했다.

"곧 아빠가 될 거거든요."

「[빌트] 한 아이의 아버지가 된 원지석!」

「[더 선] 득녀 소식을 축하하는 선수들!」

침대 위에는 캐서린이 누워 있었다.

그리고 그 옆에는 이불보에 싸인 작은 덩어리가 보였다.

원지석은 그 작은 것을 멍하니 보았다. 그와 그녀의 아이다. 아직 쭈글쭈글한 모습임에도 얼마나 예쁘던지, 눈을 뗄 수 없었다.

'홈경기여서 다행이야.'

휘슬이 울리자마자 병원을 향해 달렸다.

다행히 시간을 맞추어, 그녀가 힘을 낼 때 손을 잡아줄 수 있었다.

"원?"

"고마워요."

그가 그녀의 힘없는 손을 잡아 볼에 이끌었다. 그 온기를 느낀 캐서린이 배시시 웃었다.

"이름."

"네?"

"아이의 이름, 정했나요?"

아직까지 아이의 이름은 정해지지 않았다. 물론 여러 의견이 나왔다. 지금은 잠깐 자리를 비킨 요크 부부는 아예 토론을 할 정도였으니까.

원지석 역시 캐서린과 많은 생각을 했었다.

그중에서도 그녀와 가장 마음이 맞는 이름이 두 개 있었다. 남자아이라면 해리라는 이름을, 여자아이라면.

"엘리."

새로운 생명의 이름.

그걸 입 밖으로 꺼내는 것만으로 조심스러웠다.

"엘리. 예뻐요."

그렇게 새로운 가족에게 이름이 생겼다.

이 소식은 곧 많은 사람들에게 알려졌다.

라이프치히와 첼시는 구단의 공식 SNS를 통해 새로운 생명을 축하하는 글을 올렸다. 그의 제자들 역시 엘리에게 축하한다는 글을 썼다.

앤디 같은 경우는 병원을 찾아와 조카와 찍은 사진을 SNS에 올렸고, 라이프치히의 서포터들은 경기장에 거대한 걸개를 걸며 엘리의 탄생을 축하했다.

「[키커] 더욱 무서워진 라이프치히!」

한편 팀에 복귀한 원지석과 함께 라이프치히는 매우 좋은 퍼포먼스를 보여주며 단 한 번도 패배하지 않았다.

"분유 버프 한번 엄청나네."

가끔은 신들린 게 아닐까 싶은 모습도 나와 케빈이 혀를 내둘렀다.

그리고 전반기 최대의 고비가 찾아왔다.

바로 도르트문트와 바이에른을 연달아 상대해야 하는, 매우 중요한 2연전이.

「[키커] 베르너의 해트트릭! 도르트문트를 침몰시키다!」
「[TZ] 뮐러의 PK 실축! 패배를 막지 못한 바이에른!」

사람들의 예상과는 달리 수월하게 승리를 챙긴 라이프치히였다. 이제는 그들을 싫어하는 사람도 그 퍼포먼스를 인정하지 않을 수 없게 되었다.

이른바.

나쁜 놈들의 전성시대가 열린 것이다.

38 ROUND
성장통

전반기가 끝나고 겨울 휴식기가 찾아왔다.

라이프치히는 1위 자리를 공고히 다졌으며, 그동안 쉼 없이 달려온 선수와 코치들은 피로를 풀 것이다.

원지석은 이번 휴가에서도 캐서린의 곁을 지켰다. 그녀의 품에는 이제 막 잠이 든 엘리가 안겨 있었다.

"자기 전에는 그렇게 기운찼는데, 눈을 감으니 또 너무 조용하네요."

아이는 건강했다.

잘 먹고, 잘 울고, 잘 자고.

그래도 경험이 없는 캐서린으로선 녹초가 될 일이었다. 테일러가 이것저것 도움을 주거나, 알려주지 않았으면 꽤나 고생했을 정도로.

그래도 품에 안겨 새근새근 잠이 들 땐 너무 귀여웠다. 세상 어떤 것보다 더.

"이런 결혼기념일도 나쁘지 않네요."

오늘은 크리스마스이브.

즉, 둘의 결혼기념일이었다.

거실 구석에 놓인 작은 트리에는 아기자기한 장식이 꾸며졌다. 그걸 본 엘리가 눈을 크게 뜨며 손을 내민 모습은 이미 카메라 속에 담겼다.

"내년에는 여행이라도 갈까요?"

"좋아요."

그렇게 각자의 휴식 시간이 지나고.

다시 시작된 후반기.

분데스리가는 예상 밖의 이변이 일어나는 중이었다.

라이프치히를 말하는 게 아니다. 이제 그들의 선전은 이상하지 않은 일이 되었으니까.

문제는 바이에른이다.

오랫동안 분데스리가를 지배했던 그들은, 최근 심상찮게 흔들리는 모습을 보였다.

현재 바이에른의 리그 순위는 3위. 명성에 걸맞지 않은 순위에 팬들, 그리고 보드진들 역시 불만스러운 반응을 보이고 있었다.

「[빌트] 뢰브의 경질을 논의하는 바이에른의 수뇌부들?」

호펜하임에게 패배를 당했을 때가 결정적이었다. 언론들은 뢰브의 경질설을 떠들며 바이에른을 흔들었다.

「[TZ] 노이어, 선수들은 뢰브를 믿는다」
「[키커] 바이에른의 회장 루메니게, 경질은 없다!」

바이에른의 보드진은 흔들리는 팀을 수습하기 위해 뢰브를 지지한다는 성명을 발표했다.

어찌 보면 선수단의 인터뷰와 비슷하면서도, 미묘한 차이가 있다.

우선 선수들 중에는 뢰브와 사이가 좋은 이들이 많았다. 주장인 노이어를 비롯해 한때 그의 지도를 받았던 독일 국가대표들이 말이다.

하지만 보드진은 다르다.

그들은 이미 뢰브에게 1년 이상의 기회를 주었다.

첫 시즌 동안 DFL—슈퍼 컵만을 들었다고 해도 큰 문제는 아니었다. 다음 시즌에 달라진 모습만 보여줬다면.

하지만 뢰브의 두 번째 시즌은 도리어 더 좋지 못한 경기력을 보여주었다. 이번에 3위로 내려앉은 일은 보드진의 인내심을 시험하는 계기가 되었고.

「[빌트] 뢰브가 경질될 시 후임으로 유력한 세 명!」

회장인 루메니게의 발표에도 불구하고, 언론들은 새로 올 감독이 누구인지를 찾았다.

물론 뢰브가 반전에 성공한다면 무의미한 가정이다. 그러나 그들은 그렇게 생각하지 않은 모양이었다.

언론들이 뽑은 유력한 후보는 총 세 명.

호펜하임의 율리안 나겔스만.

유벤투스의 마시밀리아노 알레그리.

그리고 최근 경질당한 토마스 투헬이.

모두 가능성이 있는 후보들이었다. 투헬은 그 성격이 문제지만 능력은 확실하고, 알레그리 역시 해외 진출 가능성을 열어 두었다.

「[키커] 뢰브가 떠난다면 그 후임은 나겔스만이 될 확률이 크다」

다만 키커는 나겔스만의 가능성이 가장 높다고 판단했다.

젊고, 분데스리가에서 오랫동안 자신의 능력을 증명한 데다, 투헬과는 반대로 멘탈적인 문제가 없었기 때문이다.

"나겔스만이 바이에른으로 간다는데?"

"가면 가는 거죠."

케빈의 말에 원지석이 어깨를 으쓱였다. 어찌 되었든 그로선 상관없는 일이다. 남의 집 일보단 라이프치히에 집중해야 했으니까.

「[BBC] 벨미르의 골에 힘입어 8강에 진출한 라이프치히!」

챔피언스리그 16강.

그 상대로 세비야를 만난 라이프치히는 1, 2차전에서 모두 승리를 거두며 8강에 진출하게 되었다.

특히 2차전에서 터진 벨미르의 중거리골은 많은 화제가 되었다. 하프라인 근처에서 때려 버린 강력한 슈팅이 그대로 골 망을 출렁인 것이다.

「[키커] 유망주 화수분 라이프치히!」
「[키커] 라이프치히의 성공적인 프로젝트」

시즌도 벌써 반이 넘어가며.

새로운 영입에 대한 필요성은 점점 줄어들고 있는 추세였다.

이유는 간단했다. 주전 선수들이 꾸준한 폼을 유지했으며, 로테이션 멤버들 역시 자신의 몫을 해주었다.

거기다 구멍으로 지적당하던 선수마저 점차 성장하는 모습을 보이니, 그게 마치 새로운 선수는 필요 없다는 시위 같았다.

「[BBC] 라이프치히를 만난 토트넘!」
「[BBC] 다시 만나게 된 포체티노와 원지석!」

그리고 챔피언스리그 8강전의 대진이 결정되었다.

원지석이 EPL에 있을 시절에도 포체티노와 계속해서 맞붙었는데, 그는 아직까지 토트넘의 지휘봉을 잡고 있었다.

사람들은 토트넘의 그 막강한 공격진을 상대로 원지석이 어떤 대응책을 꺼낼지 주의 깊게 지켜보았다.

특히 제임스, 살라와 득점왕을 다투는 해리 케인의 존재감은 원지석으로서도 무시할 수 없었다.

「[스카이스포츠] 결승골을 터뜨린 케인!」
「[스카이스포츠] 승리에 미소 지은 포체티노!」

1차전에서 승리를 거둔 것은 토트넘이었다.

홈에서 라이프치히를 맞이한 그들은 케인이 한 골, 손흥민이 한 골을 추가하며 승리를 거두었다.

예상과는 달리 토트넘이 승리를 거두자 팬들은 포체티노에게 찬사를 보냈다. 아직 확실하진 않지만, 구단 역사상 첫 4강 진출이 멀지 않았기 때문이다.

"우리는 좋은 기회를 잡았습니다. 놓칠 수는 없죠."

포체티노 역시 어렵게 얻은 승리를 놓치지 않겠다는 말을 하며 팬들의 기대감을 고조시켰다.

토트넘은 첫 4강을 꿈꾸며 라이프치히의 RB아레나로 떠났다.

—고오오올! 다시 한번 골을 터뜨리는 베르너! 이로써 더욱 차이를 벌리는 라이프치히!

—이럴 수가 있나요? 정말 엄청난 반전입니다!

「[키커] 벨미르, 해리 케인을 지워 버리다!」

「[키커] 역전에 성공한 라이프치히! 3시즌 연속 4강 진출!」

하지만 반전이 일어났다.

라이프치히는 그들의 홈을 찾아온 손님에게 무려 다섯 골을 퍼부으며 넉넉한 보답을 한 것이다.

베르너와 자비처가 두 골씩을, 포르스베리가 한 골을 넣으며 경기를 뒤집은 라이프치히는 4강에 진출하게 되었다.

설마 다섯 골을 먹힐 줄은 몰랐는지 토트넘의 선수들은 경기가 끝날 땐 얼굴을 들지 못했다.

우리가 어떻게 진 거지?

멍하니 그런 생각이 들 정도로, 폭풍 같은 2차전이었다.

「[키커] 원지석에게 찬사를 보내는 라이프치히의 선수들!」

한편 경기가 끝난 뒤 라이프치히 선수들은 감독인 원지석에게 엄지를 들었다.

"신기한 경험이었습니다. 감독님이 말하는 대로 이루어질 때는 마법이 아닐까 싶었죠."

경기 최우수선수로 뽑힌 베르너가 그렇게 말하며 웃었다. 선수들 모두가 라커 룸에서 원지석에게 홀렸던 모습은 종교 같다고 느꼈다.

모두가 그의 말에 홀렸다.

그 말대로 마법 같은 경험이었다.

"어려운 경기였습니다. 저희가 굉장히 어려운 상황이었고, 이번 경기에서도 위험했던 순간이 몇 번 있었죠. 그런 걸 이겨낸 선수들이 자랑스럽군요."

토트넘은 두 골이란 이점을 이용하기 위해 수비적인 전술을 짰는데, 결과론적인 이야기지만 이게 패착의 원인이었다.

라이프치히는 오른쪽 풀백으로 브루마를 기용하는 과감한 선택을 하며 토트넘을 공략했다. 이는 결국 경기를 뒤집는 데 중요한 열쇠가 되었다.

두 개의 어시스트.

이날 브루마가 올린 스탯이다.

비단 어시스트만이 아니라 경기 내에서 크게 활약한 브루마였다.

원지석은 역전에 성공한 선수들을 칭찬하는 것과 함께, 상대 팀인 토트넘을 치켜세웠다.

"포체티노는 토트넘에 부임한 이후 그의 팀을 훌륭히 성장시켰습니다. 언젠가 그들은 8강 이상을 넘볼 거예요."

이렇게 8강전이 끝났다.

이후 4강전이 오기 전까지의 분데스리가에서.

놀라운 일이 벌어졌다.

「[키커] 바이에른을 꺾은 라이프치히! 우승을 확정 짓다!」

2위와의 승점을 압도적으로 벌린 라이프치히가 결국 이른 때에 우승을 확정 지은 것이다.

이번 패배로 인해 바이에른은 챔피언스리그도 안정적이지 못하게 됐고, 감독인 뢰브 역시 본인의 운명을 아는지 고개를 저었다.

「[오피셜] 바이에른, 뢰브를 경질」

결국 그날 밤 뢰브의 경질이 발표되었다.

후임 감독은 시즌이 끝나는 대로 발표될 터고, 남은 시즌은 수석 코치가 맡게 될 예정이었다.

「[빌트] 재계약을 거절한 원지석!」
「[빌트] 세 번 연속의 마이스터샬레, 원지석의 차기 행선지는?」

한편 빌트는 꽤나 흥미로운 기사를 실었다. 바로 라이프치히의 재계약을 원지석이 거절했다는 기사였는데, 이는 사실이 아니다.

구단은 재계약을 준비하고 있을지 몰라도 아직 제의를 하지 않았다.

하지만 빌트가 던진 불씨는 사람들에게 큰 떡밥이 되었는데, 이후 원지석이 어떤 팀을 맡을지 여러 의견이 오갔다.

경질이 거의 확실한 콘테를 대신해 다시 첼시로 복귀할지, 아니면 알레그리가 떠날 경우 유벤투스로 갈 수 있다는 의견 역시 그럴듯했다.

"저는 라이프치히와의 계약기간을 지킬 겁니다."

원지석은 그렇게 말하며 쓸데없는 논란을 가라앉혔다. 그렇게 그들은 챔피언스리그 4강을 앞두었다.

그 상대는 유벤투스.

간만에 4강에 올라선 그들은 알레그리의 지도력에 힘입어 리그에서도 우승을 거의 확정 지은 상황이었다.

「[키커] 또다시 4강에서 무릎 꿇은 원지석!」

「[라 스탐파] 베르나르데스키의 골! 황소를 침몰시키다!」

결론부터 말하자면.

라이프치히는 패배했다.

유벤투스에서 자신의 잠재성을 만개한 페데리코 베르나르데스키는 경기의 최우수선수로 뽑혔다.

멀리서 논스톱 발리슛을 찬 게 그대로 골 망을 흔들며 환상적인 골이 되었다.

그리고 라이프치히의 공격을 잘 막아내고, 총합 1 : 0이라는 스코어를 끝까지 지켜내며 결승에 진출하게 되었다.

챔피언스리그 결승전에서의 패배를 되갚은 알레그리가 손을 내밀자 원지석은 쓴웃음을 지으며 그 손을 마주 잡았다.

「[키커] 원지석, 아쉽지만 이런 게 축구」
「[라 스탐파] 이번에도 빛난 알레그리의 전술!」

기자회견에서 원지석은 패배를 담담히 인정했다. 아쉽지만 변명할 여지는 없다.

물론 라커 룸의 선수들에겐 아닐 것이다. 영혼이 나갈 때까지 털린다는 게 어떤 건지 간만에 느꼈을 테니까.

아무튼 이렇게 해서.

20/21 시즌이 끝나게 되었다.

라이프치히는 분데스리가와 DFL—슈퍼 컵, 그리고 DFB—포칼 컵을 우승하며 세 개의 트로피를 들어 올렸다.

바이에른 뮌헨은 4위에 겨우 턱걸이를 하며 간신히 챔피언스리그에 나가게 되었다. 그들에겐 치욕적인 일이었다.

한편 새로운 시즌을 준비할 동안 흥미로운 일이 있었다.

「[키커] 바이에른의 새 감독은 알레그리!」
「[빌트 독점] 키커의 기사는 틀렸다. 새 감독은 나겔스만이다」

바이에른의 새 감독을 두고 독일 축구계에서 가장 큰 입지를 자랑하는 두 언론이 신경전을 벌이게 된 것이다.

당초 키커는 시즌 중반까지만 하더라도 바이에른의 후임으로 나겔스만을 꼽았다. 하지만 새로 들은 정보가 있는지, 알레그리로 노선을 바꾸었다.

그에 반해 빌트는 투헬을 차기 후보로 지목하던 언론이었다.

만약 이게 일반적인 기사였다면 사람들은 키커 쪽으로 무게가 쏠렸을 터다. 하지만 빌트 독점이라는, 독점 기사에 한해선 그들도 좋은 공신력을 자랑한다.

"재미있게 됐네."

"그러게요. 양쪽 다 자신 있어 하는 거 같고."

케빈이 두 기사를 보고선 낄낄거리며 웃었다. 어느 곳이 맞든지 한쪽은 자존심을 크게 구기게 될 터였다.

어차피 새 시즌을 준비해야 하는 바이에른으로선 오래 끌 사항은 아니었다. 그리고 두 언론의 신경전을 끝내는 발표가 떴다.

「[오피셜] 바이에른의 새 감독, 율리안 나겔스만!」

놀랍게도 키커가 틀리며 나겔스만이 바이에른의 새로운 지휘봉을 잡게 되었다.

원지석의 라이벌로 꼽히던 그가, 라이프치히의 라이벌 팀인 바이에른으로 떠나자 독일 축구계는 매우 뜨거워졌다.

거기다 기자회견에서 나겔스만이 한 말 역시 기대감에 불을 부었다.

"우리는 라이프치히를 잡을 겁니다."

새로운 시즌이 다가온다.

분데스리가를 지배하던 스쿼드, 그리고 엄청난 지원을 받으며 나겔스만이 어디까지 나아갈지 지켜보는 것도 새로운 시즌의 포인트였다.

　*　　　　　*　　　　　*

"아브!"

품에 안긴 엘리가 손을 버둥거렸다. 이제는 무슨 뜻인지 눈치챈 캐서린이 아이를 바닥에 내려놓았다.

엘리는 다다닥 바닥을 기며 모퉁이를 돌았다. 그러자 나오는 거실. 소파에 앉은 누군가의 뒷모습을 발견한 아기의 눈이 번뜩였다.

"아브으!"

그 소리에 원지석이 고개를 돌렸다.

딸아이를 발견한 그가 눈을 크게 떴다.

"엘리?"

태어나고 7개월이 지난 엘리는 바닥을 기어 다니다가, 이제는 무언가를 잡으며 일어날 때도 있었다.

지금도 낮은 탁자를 잡으며 몸을 일으킨 딸아이가 원지석을 향해 손을 뻗었다. 안아달라는 뜻이다.

엘리를 들어 품에 안자 서재에 있던 캐서린이 나왔다. 그녀는 부녀를 보고선 피식 웃었다.

"서러워서, 참."

"서럽기는요. 평소엔 오라고 해도 무시하는데."

그렇게 말한 원지석이 고개를 내려 엘리를 보았다.

크고 맑은 눈이 마주치자 딸아이가 함박웃음을 지으며 손을 내밀었다.

안경을 뺏은 엘리가 아버지처럼 자신의 얼굴에 써보았지만, 이내 머리가 울렁였는지 울음을 터뜨릴 것처럼 얼굴을 구겼다.

"네네. 주세요."

도로 안경을 가져간 원지석이 울지 말라는 듯 엘리의 등을 쓰다듬었다.

"아부! 아쁘!"

"저거 달라고?"

그건 며칠 전 앤디가 가져온 장난감이었다. 이상하게 생긴 인형이었는데, 어디가 마음에 든 건지 다른 것보다 더 아끼는 모습을 보였다.

'다른 사람들이 시무룩해졌지만.'

자기가 사온 예쁘고, 비싼 곰돌이 인형엔 눈길도 주지 않으니 실망한 테일러의 모습이 떠올랐다.

엘리를 품에 안으면서도 원지석은 태블릿에서 눈을 떼지 못했다. 구단에서 보낸 자료들을 검토해야 했기 때문이다.

"제가 안고 있을까요?"

"괜찮아요. 우는 것보단 이게 낫겠죠."

어느새 딸아이는 아버지의 품에서 새근새근 잠이 들어버렸다. 원지석이 쓴웃음을 지으며 고개를 저었다.

만약 잠에서 깨기라도 한다면 오히려 고집을 부리듯 품에서 떨어지지 않을 터였다.

"그럼 차는 어때요?"

"좋죠."

캐서린이 주방으로 향한 사이 원지석은 자료를 빠짐없이 훑었다.

중요한 내용은 크게 두 개였다.

여름 이적 시장에서 지켜볼 리스트와.

바이에른의 새로운 개혁이.

「[오피셜] 팀을 떠나는 비달과 마르티네스」

먼저 두 명의 핵심 미드필더들이 떠났다.

이 둘은 그동안 바이에른에서 매우 궂은일을 해주던 선수들이기에, 당연히 팬들이 반발도 만만치 않았다.

비록 지난 시즌엔 부진한 모습을 보였어도 이렇게 보내서는 안 된다는 소리였다.

「[키커] 팀을 뜯어고치려는 나겔스만!」

하지만 나겔스만은 꽤나 과감하게 팀의 개혁을 실행했다. 특히 의료진에도 새로운 시설들을 도입하며 선수들의 부상에 더욱 신경을 썼다.

「[TZ] 나겔스만의 뮌헨에서 중심을 맡을 고레츠카」

이러한 일이 고레츠카를 위한 준비가 아니냐는 의견이 나왔다.
레온 고레츠카.
샬케에서 분데스리가 수준급 선수로 성장한 미드필더.
꿈을 안고 이적한 그의 바이에른 생활은 만만치 않았다. 주
전 선수들의 벽을 넘지 못한 것도 있지만, 무엇보다 부상이 제
일 컸다.
뢰브 체제에서 그는 대부분의 커리어를 부상으로 보냈다.
그렇게 팀을 떠날 것으로 예상되었지만, 새로운 감독인 나겔
스만은 그런 고레츠카에게서 무언가를 발견한 모양이었다.

「[키커] 두 명의 미드필더를 영입한 바이에른!」

물론 새로운 영입은 필수다.
그 주인공은 호펜하임의 케렘 데미르바이와 샬케의 막스 마
이어였다.
데미르바이는 나겔스만이 직접 성장시킨 박스 투 박스 미드필
더였고, 마이어는 뛰어난 후방 플레이메이커다. 특히 고레츠카와
는 샬케에서 호흡을 맞춘 적이 있기에 최고의 파트너로 꼽혔다.
"무섭구만."

자료를 보던 원지석이 중얼거렸다.

새로 영입한 두 명 모두 분데스리가에서 최고의 활약을 보여주던 미드필더들이다.

오죽했으면 불만이 가득했던 바이에른의 팬들마저 어느 정도 고개를 끄덕였겠는가.

"뭐가요?"

그때 주방에서 나온 캐서린이 머그 컵 하나를 내밀었다. 태블릿을 치우고 컵을 받자 향긋한 차 냄새가 은은하게 풍겼다.

"아뇨, 그냥 업무적인 이야기였어요."

고개를 끄덕인 캐서린이 옆에 앉았다.

차 향기보다 더 은은한 그녀의 향기가 느껴졌다.

괜히 차를 홀짝이던 원지석이 주머니에서 느껴진 진동에 스마트폰을 꺼냈다. 단장인 랄프 랑닉의 전화였다.

"여보세요?"

—원? 전화하기 곤란하면 나중에 다시 전화할까요?

엘리가 깨지 않도록 목소리를 죽였더니 랄프 랑닉이 이상하다는 듯 물었다.

"아니요. 아이가 자고 있어서요. 그보다 어떻게 됐죠?"

랄프 랑닉이 전화를 할 이유는 하나밖에 없었다. 최근 비밀리에 진행 중인 새로운 선수의 영입에 대해서.

잠시 후.

대답을 들은 원지석이 스마트폰을 끄고선 조용히 한숨을 쉬었다.

"일이 잘 안 됐나요?"

"네?"

캐서린이 조심스레 묻자 눈을 끔뻑인 원지석이 이를 드러내며 웃었다.

"아뇨. 성공했어요."

*   *   *

「[키커] 세르게이 밀린코비치―사비치와의 이적을 마무리한 라이프치히!」

밀린코비치―사비치.

세르비아 국적을 가졌으며, 이탈리아 리그의 라치오를 대표하는 미드필더.

192㎝라는 큰 키를 이용한 피지컬과 왕성한 활동량, 그리고 공수 양면으로 뛰어난 선수였다.

일잔커가 팀을 떠나는 게 확실했기에 중원의 퀄리티를 높여줄 선수가 필요했고, 사비치가 그 선수로 낙점되었다.

「[오피셜] 라치오의 밀린코비치―사비치를 영입한 라이프치히」

마침내 선수 영입이 발표되었다.

이 이적을 보며 많은 사람들이 놀란 반응을 보냈다.

그 뛰어난 재능만큼이나 많은 팀들이 원했던 선수다. 그런 선수를 영입하는 데 단장인 랄프 랑닉이 꽤나 고생 좀 했을 것이다.

「[오피셜] 라이프치히를 떠나는 일잔커」

한편 일잔커의 방출 소식 또한 전해졌다.

구단과 팬들은 지금까지 팀을 위해 헌신한 그에게 고마움을 표했다.

시간은 빠르게 흘렀다.

많은 선수들이 이적 시장 동안 유니폼을 갈아입었고, 새로운 팀을 위해 뛸 준비를 마쳤다.

바이에른과 라이프치히 역시 새로운 선수들을 영입하며 다가올 시즌을 기다렸다.

그리고 마침내.

대망의 21/22시즌이 시작되었다.

―오늘은 드디어 사비치 선수가 선발로 나오는군요?

―그동안은 교체로 팀과 리그에 적응하도록 시간을 준 원지석 감독이었습니다. 과연 어떤 모습을 보여줄지 기대가 되네요.

분데스리가 5라운드.

도르트문트와의 경기였다.

원지석은 지금까지 교체로만 쓰던 사비치를 드디어 선발로
출전시켰다.

왜 이런 큰 경기에 썼냐고 고개를 갸웃거리는 사람도 있었지
만, 원지석은 훈련장에서 선수들 간의 합이 맞는 모습을 보며
마음을 굳혔다.

사비치는 라치오 시절 중앙미드필더부터 처진 공격수까지
뛴 다재다능한 선수다.

원지석은 그를 세 명의 미드필더 중 하나로 구성했다. 세리와
벨미르가 짝을 맞추면, 그 뒤를 사비치가 받치는 식으로 말이다.

─아! 골입니다 골! 헤딩으로 데뷔골을 성공시키는 사비치!
─여유롭게 헤딩에 성공하네요!

코너킥 상황이었다.

포르스베리가 올린 크로스를 사비치가 큰 키를 이용해 쉽게
헤딩을 따냈고, 이게 그대로 골이 되었다.

원지석 역시 박수를 치며 사비치의 골을 칭찬했다.

확실히 사비치의 큰 키를 이용한 활동량은 중원을 장악하는
데 큰 도움을 주었다. 거기다 공을 끌고 나가는 공격적인 재능
역시 나쁘지 않았다.

─이 장면에서도 그렇지만, 라이프치히의 중원을 구성한 세 명
의 미드필더들이 계속해서 스위칭을 하고 있어요.

중계진들은 라이프치히의 중원이 어떻게 돌아가는지 설명했다.

세리야 리그 최고의 플레이메이커였고, 벨미르 역시 지난 시즌부터 공격적인 재능에 눈을 떴다.

여기에 사비치까지 포함되어 만들어진 세 명의 중원은 끊임없이 자리를 옮기며 유기적인 움직임을 보여주었다.

—빈틈이 보이지 않습니다.

—마치 축구하는 기계들 같군요.

전술, 그리고 선수들의 개인 기량이 합쳐지며 그들은 분데스리가 최고의 중원을 만들었다.

라이프치히의 삼중주.

어느새 그들에게 붙여진 별명이다.

이런 세 명과 계속해서 경쟁하는 뎀메 역시 좋은 퍼포먼스를 보여주며 중원의 퀄리티를 높였다.

이에 경쟁하는 바이에른의 중원 역시 만만치 않았다.

「[키커] 또다시 승리를 이끈 바이에른의 미드필더들!」

바이에른은 최전방공격수인 레반도프스키가 노쇠화로 점차 기량이 떨어지는 모습을 보였지만, 이 점이 도리어 미드필더들의 활약이 돋보이는 계기가 되었다.

과연 새로운 시설을 이것저것 들여놓은 게 효과가 있었는지, 고레츠카는 나겔스만의 지도 아래 부상 없이 모든 경기를 뛰었다.

이는 또 다른 유리 몸인 티아고 알칸타라에게도 해당되는 사항이었다. 알칸타라 역시 잔부상 없이 최고의 퍼포먼스를 보였다.

물론 나겔스만은 무리한 부담을 주지 않기 위해 두 선수에게 체력적인 안배를 충분히 주었다.

「[키커] 최강의 중원을 가린다」
「[빌트] 이번 시즌의 전반기를 판가름할 매치!」

이런 미드필더들의 싸움이 곧 다가온다.

라이프치히와 바이에른의 대결이 얼마 남지 않은 것이다.

평소 라이벌이라 불렸던 젊은 감독들의 대결, 그리고 라이프치히가 새로이 만들어낸 바이에른과의 경쟁 구도.

여기에 분데스리가 최강의 중원을 가린다는 요소까지 합해지며 모든 사람들의 시선이 그들을 향했다.

─양 팀의 라인업입니다. 원지석 감독과 나겔스만 감독 모두 최고의 라인업을 뽑았군요?

─사실상 이번 시즌의 분데스리가를 결정짓는 데 중요한 경기

중 하나가 될 테니까요.

이번 경기가 있기까지 두 팀 모두 단 한 번의 패배가 없었
다.

물론 후반기엔 또 무슨 일이 있을지 모른다. 하지만 그건 가
정일 뿐이고, 먼저 앞서 나가려면 이 경기에서 반드시 승리해야
만 한다.

경기는 치열하게 진행되었다.

특히 사람들이 기대했던 중원 싸움이 가장 치열했다.

─아! 또다시 공을 빼앗는 벨미르!
─고레츠카가 짜증을 냅니다!

사비치가 열심히 몸싸움을 해주면, 벨미르가 발만 집어넣어
공을 빼낸다.

역습을 나설 땐 세리와 벨미르가 함께였다. 혹은 세리와 사
비치가 함께할 때도 있었고.

이때까지만 하더라도 경기는 라이프치히가 더 우세하다는
편이었다.

하지만.

사건이 터졌다.

"더러운 고아 새끼."

누군가가 중얼거린 말에, 벨미르가 멈칫했다.

"뭐라고 했냐?"

"뭐? 무슨 소리야?"

데미르바이가 모르쇠를 취했지만 헷갈렸을 리가 없다. 근처에 있던 녀석은 저놈뿐이었으니까.

"시발, 내가 호구로 보이냐?"

"왜 이래? 네 주둥이 더러운 건 생각 못 했어?"

벨미르가 격하게 반응하자 데미르바이가 비릿하게 웃었다. 그 말처럼 벨미르의 트래쉬 토크는 이미 유명하다.

하지만 선수로서의 문제를 꼬집은 거지, 사람으로서의 문제를 건든 적은 없었다.

그때 막스 마이어의 패스를 받은 데미르바이가 드리블을 시작하려 할 때였다.

"이 개새끼가!"

눈이 뒤집힌 벨미르가 스터드를 들고 녀석의 종아리를 노렸다. 곧 더러운 백태클과 함께 데미르바이의 비명이 높게 울렸다.

"아아악!"

모두가 그 광경을 보았다.

경악스러운 얼굴이 된 관중들과.

얼굴이 차갑게 굳어버린 원지석 역시.

*　　　　　*　　　　　*

삐이익!

싸하게 내려앉은 RB아레나에 휘슬 소리만이 울렸다.

반칙과 함께 휘슬을 분 주심이 벨미르에게 다가갔다.

벨미르의 태클에 잔뜩 흥분한 바이에른의 선수들도, 그런 바이에른의 선수들과 싸우던 라이프치히의 선수들도.

아니, 관중들과 두 팀의 벤치까지 모두 숨을 죽이며 그의 행동을 지켜보았다.

빨간색.

그의 가슴에서 꺼내진 카드는 빨간색 카드였다.

―레드카드! 벨미르가 퇴장을 당합니다!

―바로 앞에서 저질러진 백태클인 만큼 당연한 결과예요. 항상 태클은 깔끔하던 벨미르였는데, 오늘은 선을 넘었군요.

프로 통산 첫 퇴장.

그리고 경기를 바꾼 퇴장이었다.

벨미르는 처음 보는 레드카드에 등을 돌렸다. 그러고선 침을 뱉으며 라커 룸으로 향했다.

라커 룸으로 돌아가던 녀석이 터치라인을 지나가는 순간 슬쩍 옆을 보았다. 원지석은 그에게 어떤 눈길도 주지 않았다.

퇴장 이후 경기는 바뀌었다.

바이에른은 수적 우위를 통해 공격을 퍼부었으며, 라이프치히 역시 잘 막았다 하더라도 점점 한계에 달하는 중이었다.

—고오올! 결국 고레츠카가 골을 터뜨립니다!

—늦은 시간에 터진 선제골! 이 골은 치명적이에요!

결국 골이 터졌다.

페널티에어리어 밖에서 고레츠카가 낮게 깔아 찬 슈팅이 그대로 들어간 것이다.

수비수들에게 시야가 가려졌던 굴라치가 뒤늦게 몸을 날렸지만 늦었다. 이미 공은 골라인을 넘어선 뒤였으니까.

삐이익!

얼마 지나지 않아 경기 종료를 알리는 휘슬이 울렸다. 라이프치히의 패배였다.

"후우."

휘슬 소리에 원지석이 한숨을 쉬었다.

최악이다.

인생 최악의 경기 중 하나다.

나겔스만과 말없이 악수를 나눈 그가 라커 룸을 향해 걸었다. 이상하게도, 그를 본 사람들이 흠칫 놀라며 길을 비켰다.

쾅!

거칠게 문을 열자 선수들의 모습이 보였다. 미리 옷을 갈아입고 기다리던 벨미르의 모습도.

"너."

"뭐야? 왜, 켁!"

벨미르는 말을 잇지 못했다.

갑자기 다가온 원지석이 녀석의 멱살을 잡았으니까.

안경 너머 죽일 듯이 노려보는 눈이 날카롭게 빛났다. 지옥에서 올라온 사냥개처럼, 원지석이 으르렁거렸다.

"왜? 왜? 그걸 지금 몰라서 묻는 거냐?"

"들어봐! 분명 그 새끼가 먼저……!"

녀석은 억울하다는 듯 항변하려 했다. 멱살을 잡은 손에 힘이 들어가자 다시 입이 다물어졌지만.

'시발!'

손을 풀려고 해도 무슨 바위처럼 움직이지 않았다. 아니, 자신을 노려보는 시선에 꼼짝하지 못하고 있었다. 고양이 앞의 쥐처럼.

이렇게 무서운 사람이었던가.

벨미르로선 처음 느끼는 감독의 모습이었다.

"뭐, 먼저 욕을 먹었다 그런 말을 하려는 거겠지. 응? 그래서 그런 태클을 날렸고."

조롱하듯 말하던 원지석이 잡은 멱살을 가까이 끌어당겼다. 녀석의 눈을 코앞에서 마주 본 그가 계속해서 말했다.

"똑똑히 들어! 네가 오늘 한 태클은, 잘못했으면 상대 선수 생활이 망가질 수 있는 위험한 짓이었어."

어떤 이유로든 정당화되지 못할 태클이었다.

그게 선수로서가 아닌, 가족 같은 민감한 일을 건드렸다고 해도 마찬가지다.

벨미르는 아직 어리다.

만약 상황의 심각성을 깨닫지 못한다면.

오늘 같은 일은 몇 번이고 반복될 것이다.

잡았던 멱살을 밀치듯 놓은 원지석이 라커 룸 밖을 가리키며 소리쳤다.

"당장 나가!"

그 말에 울컥한 벨미르가 가방을 들었다. 라커 룸 문을 박차고 나간 녀석의 발소리가 점점 멀어져만 갔다.

오늘의 라커 룸 대화는 거기까지였다.

여기서 무슨 이야기를 하더라도, 어떠한 말도 귀에 들어가지 않을 테니까.

"길들이기엔 매가 너무 심했어."

원지석의 옆을 따라간 케빈이 그렇게 중얼거렸다. 아마 몇몇 선수들이나, 코치들은 방금 있었던 일을 눈치챘을지도 몰랐다.

재발을 방지하기 위한 길들이기라는 것.

동시에 다음 생각을 했을 터다.

그렇다 쳐도 너무 심한 게 아닌가?

"사람을 한번 문 개를 교육하려면 독한 마음이 필요하죠."

"그러다가 개가 집을 나갈 수도 있어."

앙심을 품은 벨미르가 팀을 떠날지도 모른다는 이야기였다. 그 말에 원지석은 어깨를 으쓱였다.

팀으로서도, 녀석으로서도 고통스러울 시간이겠지만.

버티지 못하고 무너진다면 결국 거기까지인 거겠지.

「[키커] 힘든 승리를 거둔 바이에른」

「[빌트] 패배 뒤 폭풍이 몰아친 라커 룸!」

어떻게 냄새를 맡았는지, 언론들은 라이프치히의 충돌을 떠들었다.

사실 감독인 원지석부터 숨길 생각을 하지 않았기에 눈치채는 건 그리 어렵지 않았다.

"최악이었습니다."

기자회견에 들어서자마자 그가 한 말이었다.

"그런 더러운 태클은 나와선 안 될 행위였죠. 구단 자체적으로 징계가 있을 겁니다."

하지만 그런 말과는 다르게 라이프치히 차원에서 공식적인 징계 발표는 뜨지 않았다. 출장 정지 징계가 끝날 때까지 말이다.

결국 말뿐인 건가 싶을 때쯤, 다음 경기의 라인업을 보는 순간 사람들은 눈을 크게 떴다.

선발 라인업만이 아니라.

벤치 명단에도 벨미르의 이름을 찾을 수 없었다.

「[키커] 베르너의 두 골, 승리를 거둔 라이프치히」

「[빌트] 징계가 끝났음에도 관중석에서 경기를 지켜본 벨미르!」

기사에는 가라앉은 눈으로 경기를 지켜보는 벨미르의 모습이 실렸다.

처음에는 부상이 아닐까 싶었지만, 감독인 원지석이 직접 아니라고 밝혔기에 팬들의 반응이 혼란스러운 상황.

이러한 상황에 언론들은 라이프치히의 불화설을 부추겼다.

문제는 다음 경기도, 그다음 경기에서도 벨미르는 벤치에도 앉지 못했다는 거였다. 이제는 상황이 심각하다는 걸 모든 사람들이 알았다.

"뭘 원하는데!"

결국 참다못한 벨미르가 원지석에게 소리를 질렀다. 화를 씩씩 내는 녀석을 보며 그가 되물었다.

"뭘 원하냐고? 아직까지 모른다는 점에서 틀린 거다."

이렇듯 불화설이 사실로 되어갈 때.

벨미르를 도와준 건 의외로 케빈이었다.

"내가 아는 사람 소개해 주마."

"그게 다른 팀 감독은 아니겠지?"

"아니지. 아직은."

케빈은 전화번호 하나를 남겼다.

등록되어 있지 않은 번호에 벨미르가 얼굴을 구겼지만, 저 사이코가 이럴 때까지 장난을 칠까 싶었다.

다행히 없는 번호는 아니었다. 통화를 시도하고선 얼마나 기다렸을까, 한 남자가 전화를 받았다. 어설픈 독일어가 들렸다.

—여보세요?

"누구신지?"

—킴 드와이트. 그러는 그쪽은 소문대로네.

전화를 받은 사람은 킴이었다.

첼시 소속의 미드필더이자, 유스 때부터 원지석에게 가르침을 받은 선수.

케빈은 벨미르에게 킴을 소개한 것이다. 첼시에서 수석 코치로 일하던 시절 번호를 알아뒀기에 연락 자체는 어렵지 않았다.

"킴? 그게 누구?"

—…….

다만 녀석이 생각보다 남에게 관심이 없다는 게 문제였지만.

짧은 대화로 원지석이 유소년 감독일 때부터 지도를 받았으며, 현재 상황에 약간의 조언을 해줄 수 있다고 설명한 킴이 헛기침을 했다.

—나도 어릴 땐 당신이랑 비슷한 일이 있었어. 아니, 오히려 더 심했지.

"그 시절에 지금보다 더 심각한 상황이라고?"

—감독님을 향해 인종 차별 비슷한 말을 한 적이 있었지. 결국 손가락을 꺾이며 쫓겨났지만.

순간 벨미르가 할 말을 잊었다.

상상하는 것만으로, 이상하게도 그의 어깨가 부르르 떨렸다.

'이 동양인!'

그때를 기억한 킴이 쓴웃음을 지었다.

이후 집까지 찾아온 원지석이 첼시에 가자며 손을 내밀었지만, 가장 중요했던 건 지금 벨미르의 문제와 같았다.

―그래서 말인데, 당신.

뒤이어 들려온 킴의 말에 녀석이 입을 다물었다.

―미안하다고 사과는 했어?

사과라.

누구에게?

순간 벨미르의 머리를 스친 생각은 그거였다.

"설마 그놈에게 사과하라고? 먼저 당한 건 나인데?"

―아직까지 모르는 걸 보니, 이 전화가 쓸모없진 않겠네.

아직까지 모른다라. 그 뉘앙스가 묘하게 원지석이 한 말을 떠올리게 했다.

―뭐 자세한 건 혼자서 생각해 봐. 단, 늦으면 늦을수록 좋지 않을 거야.

그럼 이만.

그 말과 함께 전화가 끊어졌다.

* * *

「[키커] 브루마 1골 1도움, 슈퍼 서브로 맹활약하다!」

라이프치히는 핵심 미드필더인 벨미르를 계속해서 제외시켰음에도 승리를 이어갔다.

챔피언스리그 조별 예선에서도 1위 자리를 굳혔고, 분데스리가에선 바이에른을 맹추격하는 중이었다.

한편 2군 일정을 소화하는 벨미르를 보며 라이프치히의 보드진과 팬들이 많은 우려를 보냈다.

팀의 핵심 미드필더인 그가 자칫 경기감각을 잃을 수 있기 때문이다. 만약 후반기에 있을 챔피언스리그에서 컨디션을 회복하지 못한다면, 결국 부메랑이 되어 돌아올 터였다.

"선발 라인업을 짜는 건 제 영역입니다."

원지석은 단호히 선을 그었다.

그렇게 전반기도 얼마 남지 않았을 때.

사건의 당사자인 데미르바이가 본인의 SNS로 장문의 글을 올렸다.

「[빌트] 벨미르와의 일을 이야기하는 데미르바이!」

전반기 라이프치히와 바이에른의 경기에서, 벨미르에게 당했던 살인 태클에 대한 이야기였다.

―우선 먼저 해야 될 말이 있다. 당시 치열한 싸움에 매우 흥분해 있기도 했지만, 나는 해선 안 될 말을 내뱉었다.

그는 당시 있었던 일을 모두 적었다.

고아라는 점을 들먹이며 욕한 것과, 조롱하던 일을.

갑작스레 이런 글을 적는 건 다른 이유가 있는 게 아니다. 얼마 전에 벨미르에게서 직접 전화가 왔고, 진심 어린 사과를 받은 게 그 이유였다.

이후 데미르바이 역시 벨미르에게 사과했다고 말했으며, 이전의 일을 끝맺었다고 밝혔다.

「[빌트] 데미르바이와의 일을 마무리 지은 벨미르. 원지석과는?」

벨미르에겐 아직 남은 게 있었다.

팀 동료들과, 감독과의 일을.

이미 마음을 먹은 이상 망설일 필요는 없었다.

"죄송합니다!"

녀석이 원지석을 비롯한 코치진들에게 말했다. 선수들에게는 방금 전에 사과를 하고 오는 길이었고.

안경을 고쳐 쓴 원지석이 벨미르를 물끄러미 보며 물었다.

"뭐가 미안한데?"

"내 실수로 경기를 말아먹은 거! 그리고 프로답지 못한 행동을 한 것!"

적어도 뭐가 문제인지에 대해선 인식을 한 모양이었다. 피식웃은 원지석이 다시 한번 물었다.

"또 그럴 거냐?"

"솔직히 말하면, 확답은 못 하지만!"

숨을 크게 내쉰 벨미르가 소리쳤다.

확신 없는 빈말보다는, 확실한 말을 하겠다는 듯.

"바꾸어볼게!"

그 말에 옆에 있던 케빈이 웃음을 터뜨렸다. 보통은 빈말이
나 각오를 다지기 위해서라도 아니라 말할 텐데, 하여간 재미있
는 녀석이었다.

"뭐 됐어. 2군에서 훈련은 게을리하지 않았겠지?"

"물론!"

손목에 걸린 시계를 확인한 원지석이 고개를 까딱거렸다.

"쉴 시간은 끝났다."

할 말을 끝내고 등을 돌린 원지석의 뒷모습을 보며 벨미르
가 환하게 웃었다.

그러던 순간 원지석의 뒤를 따르던 케빈과 눈이 마주쳤다.
케빈은 한쪽 눈을 찡긋거리고선 코치진과 함께 걸음을 옮겼다.

'고맙다는 말도 못 했는데.'

만약 그가 아니었다면 여름에 팀을 떠나지 않았을까.

어찌 되었든.

참 많은 사람에게 도움을 받고 있다는 걸 깨달은 사건이었
다.

*   *   *

「[키커] 레버쿠젠을 꺾은 라이프치히!」
「[빌트] 돌아온 사령관! 팀을 승리로 이끌다!」

벨미르는 복귀전에서 꽤나 화려한 퍼포먼스를 보여주었다.
경기감각이 떨어졌을 만한데도 2군에서 몸 관리를 게을리하지
않았는지, 레버쿠젠을 상대로 펄펄 날았다.

「[키커] 드디어 마무리된 벨미르 사가」

녀석의 선발은 많은 걸 의미했다.
원지석과의 관계가 회복되었다는 뜻이니까.
그동안 공공연하게 떠돌던 불화설의 마침표를 찍자 팬들은
안도의 한숨을 내쉬었다. 라이프치히의 보드진 역시 마찬가지
였다.
"솔직히 말해 불안했습니다."
랄프 랑닉의 말에 원지석이 안경을 고쳐 썼다. 만약 벨미르
가 정말 팀을 떠나려 했다면, 감독의 경질과 저울질을 하지 않
았을까.
'설마.'
워낙 벨미르의 팬인 랄프 랑닉이었기에 웃음이 나오지 않을
가정이었다.
아무튼 라이프치히는 벨미르의 복귀에 탄력을 받으며 전반
기를 훌륭히 마무리했다.

전반기 분데스리가 2위.

1위인 바이에른과의 승점 차이는 3점.

물론 이것도 나쁜 성적은 아니지만, 원지석으로선 썩 만족스럽지 않았다.

'아직 후반기가 남았어.'

우승이 확정되기 전까진 포기할 수 없다. 그때까지 최선을 다해 뛰어야 한다. 이건 그만의 생각이 아닌, 모두의 생각이었다.

"벨미르는 어떻습니까?"

랄프 랑닉의 물음에 차를 홀짝이던 원지석이 찻잔을 내려놓았다.

"겨울 휴식기 동안 주의하라고 말했습니다. 휴가에서 일주일 더 빨리 복귀해 개인 훈련을 받기로 했고요."

2군에서 훈련을 착실히 받았더라도 베스트컨디션은 아닐 것이다.

그랬기에 코치진은 벨미르에게 이른 복귀를 요청, 컨디션을 올리는 데 중점을 둔 훈련을 실행할 계획이었다.

"휴가 때 어디론가 가실 계획은 있습니까?"

"글쎄요. 가고 싶은 곳이 너무 많아 한 곳을 정하기 어렵더라고요."

쓰게 웃은 원지석이 찻잔을 비웠다.

엘리가 태어난 지 1년이 지났다.

즉, 첫돌이 지났다는 소리.

'아이와의 첫 여행.'

겨울 휴가 때 어디론가 여행을 떠나자는 건 오래 전부터 생각한 계획이다. 하지만 오랜만의 여행이라 그럴까, 생각보다 목적지가 쉬이 정해지지 않았다.

엘리를 생각하면 오랜 시간이 걸리는 장거리 여행은 불가능할 터. 볼을 긁적인 원지석이 말을 이었다.

"일단 런던일까요?"

손녀를 눈이 빠지도록 기다리고 있을 요크 부부가 있을 곳으로.

*   *   *

「[더 선] 겨울 휴식을 맞아 런던에 돌아온 원지석!」

그 기사처럼, 아니, 굳이 기삿거리가 될 내용인지는 원지석 역시 고개를 갸우뚱거렸다만.

원지석과 캐서린은 잉글랜드로 돌아왔다. 품에는 엘리를 안고서.

"아브으!"

처음 탔던 비행기, 그리고 창문 밖으로 보이는 구름바다에 엘리는 눈을 동그랗게 떴다. 모든 게 처음 보는 광경이었고, 모든 게 신기했을 것이다.

런던에 도착한 뒤에도 엘리는 눈에 띄는 게 있으면 손을 버둥거렸다. 아이를 놓지 않게 안은 캐서린이 그 모습을 보며 미소를 숨기지 못했다.

"먹고 싶은 게 있니?"

이번엔 노점상이 파는 여러 음식들에게서 눈을 떼지 못하자 캐서린이 물었다. 하지만 아직 엘리가 먹을 음식은 아니었기에 눈요기로 만족할 뿐이었다.

다른 길로 새지 않고 곧장 켄싱턴으로 향한 그들이 초인종을 눌렀다.

─엘리!

인터폰을 확인한 테일러가 곧장 문을 열고 뛰어왔다. 그녀는 엘리를 품에 안으며 말랑말랑한 볼에 얼굴을 비볐다.

"너무 늦게 왔잖니!"

"바로 비행기 끊고 온 거야. 그보다 애가 울려고 하잖아."

캐서린의 지적에 아차 한 테일러가 슬쩍 고개를 돌렸다. 울먹거리는 엘리의 모습이 보였다.

그렇게 엘리를 달래는 데 시간이 지나고.

요크 부부는 엘리에게 껌뻑 죽는 중이었다.

테일러야 원래부터 손녀에게 맥을 못 추었지만, 알렉스는 안 그런 척하면서도 표정 변화를 숨기지 못했다.

곧 저녁 일정을 끝내고 돌아온 앤디마저 참가하니 엘리가 질렸다는 듯 원지석에게 도망쳤다.

"아뿌!"

그 모습에 쓴웃음을 지은 원지석이 아이를 안았다. 휴가 동안은 잉글랜드에 있을 생각이었다. 며칠은 요크가에서, 며칠은 따로 마련한 그들의 집에서.

'바다라도 갈까.'

하늘을 보며 그렇게 좋아한 걸 생각하니 처음 보는 바다도 기뻐하지 않을까.

다시 내려온 엘리가 축구공을 건드렸다. 앤디가 처음 해트트릭을 터뜨렸을 때의 공으로, 자랑을 할 겸 가져온 모양이었다.

구르는 공을 보니 문득 엘리의 첫 생일이 떠올랐다.

'어마어마했지.'

손녀의 첫 생일에 요크 부부는 이것저것을 잔뜩 사왔다. 함께 온 앤디마저 질릴 정도로.

거기다 한국의 돌잡이에 흥미를 보인 알렉스가 즉석에서 이런저런 물건을 깔았고, 끝내 선택한 것은 축구공이었다.

아무래도 아버지와 있을 땐 축구 자료를 보고, 캐서린 역시 TV로 남편의 경기를 볼 때가 많았으니 그런 게 아닐까 싶었지만.

영화 시나리오, 신문, 옷을 놓은 이들은 실망스러운 얼굴을 숨기지 못했다.

「[더 선] 손녀에게 푹 빠진 요크 부부!」

엘리가 머무를 동안 요크 부부의 SNS가 손녀의 사진으로 채워지자, 적당한 가십거리를 찾던 기자들도 빠르게 기사를 실었다. 워낙 유명인들의 SNS였으니 그런 것도 기사가 되는 듯했다.

「[키커] 살벌할 것으로 예상되는 후반기!」

그렇게 겨울 휴식이 지나고.
분데스리가가 다시 시작되었다.
현재 1위와 2위의 승점 차이가 3점인 만큼, 한 경기 한 경기가 살 떨리는 줄타기와 같았다.
신기하게도 바이에른이 한 경기를 지거나 무승부를 거두면, 라이프치히가 앞서가면서도 다시 지거나 비기며 1위가 엎치락뒤치락하는 중이었다.

「[키커] AS 로마를 꺾으며 8강에 진출한 라이프치히!」

16강에서 로마를 만난 라이프치히는 수월한 경기 끝에 8강에 진출하게 되었다.
한편 16강에서 화제가 된 사건이 있었는데, 바로 바르셀로나가 모나코에게 떨어진 것이다.
그동안 팀을 훌륭히 이끌던 자르딤이 떠나고 새로운 감독이 왔는데, 아무도 기대하지 않았던 이 신예 감독이 기어코 일을 만들어냈다.
오르텐시오 베나벤티.

이탈리아 출신의 감독으로, 처음 그가 모나코란 팀을 맡을 때만 하더라도 부정적인 의견이 많았다.

그의 경력이라고 해봤자 프랑스 2부 리그와, 1부 리그의 하위권 팀이 전부였기 때문이다.

그런 감독을 대뜸 앉히다니 보드진이 미쳤냐는 소리마저 나올 정도였다. 하지만 반전은 그때부터였다.

리그에서도 PSG를 제치고 1위를 확보한 오르텐시오는 이후 16강에서 바르셀로나라는 절망적인 상대를 제쳤다.

「[RMC] 젊은 감독들의 시대가 열리다」

돌풍을 일으킨 오르텐시오 감독의 나이는 85년생이다. 89년생인 나겔스만이나 원지석보다 어리다고 할 수는 없지만, 감독으로서는 충분히 젊은 나이.

사람들은 이제 그가 이끄는 모나코가 어디까지 올라갈지 주의 깊게 지켜보았다.

「[키커] 자비처의 멀티골! 호펜하임을 무너뜨리다!」

나겔스만이란 감독이 떠나간 여파로 호펜하임은 힘겨운 강등권 싸움을 하는 중이었다.

지금까지 핵심 선수들이 유출되어도 상위권 경쟁을 하던 원동력은 나겔스만의 지도력 덕분이다. 그런 감독이 사라졌으니

혼란스러운 팀을 수습하기는 그리 쉽지 않아 보였다.

"승리를 축하드립니다. 하지만 다른 곳에서 바이에른 역시 승리를 거두며 승점 차이는 좁혀지지 않았는데, 어떻게 생각하세요?"

기자회견.

한 기자가 손을 들며 물었다.

어깨를 으쓱인 원지석이 답했다.

"아직 남은 경기가 많습니다. 바이에른보다는 우리 팀을 신경 쓰는 게 낫겠군요."

만약 리그 마지막 라운드까지 우승 팀이 나오지 않는다면, 그때는 바이에른의 결과를 신경 써야겠지.

하지만 지금은 아니다.

후반기 바이에른전은 챔피언스리그 4강이 지나서였다. 그 전까지 승점을 잃지 않는 게 중요하다.

단 1점의 승점이라도 잃어선 안 되는 상황.

독기를 품은 라이프치히는 매 경기 골을 몰아치며 무서운 퍼포먼스를 보여주었다.

「[키커] 포르투를 꺾은 라이프치히! 4시즌 연속 준결승 진출!」

8강에서 포르투를 꺾은 라이프치히는 결국 다시 한번 4강에 올라서는 위엄을 보였다.

4시즌 연속 4강이며, 그 경기력도 매우 좋았기에 이제는 라이프치히를 챔피언스리그 우승 후보로 꼽는 사람들도 많았다.

「[RMC] 흥미로운 대진이 성사되다!」

그런 라이프치히의 상대는 다름 아닌 AS 모나코.
초짜 감독이 8강에서 유벤투스를 꺾으며 팀을 4강에 올린
것이다.
다만 여기까지가 한계라는 말도 있었고, 팬들은 이번에야말
로 라이프치히가 결승에 올라설 기회라 생각했다.

「[키커] 재계약을 거절한 오르반!」
「[키커] 팀을 떠날 것으로 보이는 라이프치히의 주장!」

그런 때에 라이프치히 팬들이 슬퍼할 소식이 전해졌다. 팀의
주장인 오르반이 이번 시즌을 끝으로 팀을 나갈 게 확실해 보
였기 때문이다.
"새로운 도전을 하고 싶어요."
오르반은 이미 마음을 굳혔다.
세 번의 분데스리가 우승.
거기다 그동안 유럽 대항전에서 거둔 성적 역시 매우 환상적
이라 할 수 있었다.
하지만 최근 다른 선수들에게 밀리는 걸 깨달은 오르반은
미래에 대해 많은 걸 고민했다.

이 팀에 남는다면 더 많은 트로피를 들어 올릴 수 있다. 하지만 그게 정말 만족스러운 일일까?

오르반은 그 생각에 고개를 저었다. 그랬기에 재계약을 거절하고 팀을 떠날 의사를 밝혔다.

"남은 시즌이라도 만족스럽게 보내자."

원지석의 말에 오르반이 고개를 끄덕였다. 라이프치히 선수로서, 주장으로서의 마지막 시즌이다.

그렇게 각오를 다진 챔피언스리그 4강전.

─아아아! 또 막아냅니다! 모나코 골키퍼의 엄청난 선방!

─라이프치히 선수들이 고개를 들지 못합니다!

하지만.

그들은 결국 무릎을 꿇고 말았다.

원지석은 히어로 영화의 주인공처럼 미친 선방을 보이는 골키퍼를 보며 고개를 저었다.

'이런 경우가 있었나.'

골키퍼가 그라운드를 지배하는 경우가 아예 없진 않다. 그런 경기는 골키퍼의 인생 경기라 불리며, 하이라이트 영상을 보듯 엄청난 선방을 내내 보여준다.

그런 인생 경기를 하필 챔피언스리그 4강에서 마주하게 될 줄이야.

결국 경기는 승부차기까지 이르렀다.

이번에도 모나코의 골키퍼가 팀을 구하는 선방을 보이며 결국 라이프치히의 결승은 좌절되고 말았다.

팀의 주장인 오르반이 손으로 눈가를 가리며 눈물을 흘렸다. 차마 팬들을 똑바로 볼 수 없었다.

"후우."

원지석이 한숨을 쉬며 하늘을 보았다.

새삼 챔피언스리그 결승이 얼마나 오르기 어려운 곳인지 깨달았다.

첼시 시절에는 세 번 연속 결승에 올랐기에, 더욱 멀게만 느껴진 걸지도 몰랐다.

「[키커] 세 시즌 만에 마이스터샬레를 되찾은 바이에른!」

나쁜 일은 거기서 끝이 아니었다.

결국 바이에른이 왕좌를 차지하는 데 성공했다.

후반기에 있던 바이에른과 라이프치히의 경기. 나겔스만은 홈임에도 수비적인 전술을 꺼내며 경기를 무승부로 마무리 지었다.

비록 재미없는 경기라며 비판을 받았지만, 승점은 여전히 바이에른이 앞서는 상황.

결국 나겔스만은 남은 경기에서 모두 승리를 거두며 우승을 확정했다. 바이에른이 그토록 원하던 트로피였고, 나겔스만 본인 역시 굉장한 기분일 것이다.

「[키커] 생애 첫 '무관'을 맛본 스페셜 원」

그렇다.

감독대행이었던 때와는 달리.

프로감독으로 데뷔한 지금, 이번 시즌이 그의 첫 무관이었다.

"시발."

쓰레기통을 거칠게 찬 원지석이 이내 한숨을 쉬었다. 좆 같다. 동시에 화가 났다. 자기 자신에 대한 혐오가 스멀스멀 올라왔다.

하지만 절망하진 않을 것이다.

이 통증을 참아내고 나아가야 하니까.

"성장통이지."

무관이 확정되고 무리뉴에게서 온 연락이 떠올랐다. 모든 감독이 겪는 이 아픔. 그는 이 고통을 성장통이라 표현했다.

그 말이 맞다.

통증을 이겨내기 위해 발버둥 칠수록 감독으로서의 원지석은 더욱 커질 터였다.

「[키커] 재계약 제의를 거절한 원지석!」

'내 마지막 시즌이다.'

원지석은 각오를 다졌다.

동시에 그는 라이프치히를 위한 마지막 안배를 꺼냈다.

「[오피셜] 팀의 새로운 주장으로 뽑힌 벨미르 노바코비치」

오르반이 떠나고 비어버린 주장 자리.

새로운 주장으로 뽑힌 이는, 다름 아닌 벨미르였다.

스페셜 원: 가장 특별한 감독 7권에 계속…